满院落花帘不卷

—— 从诗词中品读朱淑真的爱恨喜忧

武庆新 著

北京工业大学出版社

图书在版编目（CIP）数据

满院落花帘不卷：从诗词中品读朱淑真的爱恨喜忧 / 武庆新著. —北京：北京工业大学出版社，2016.3

ISBN 978-7-5639-4604-4

Ⅰ.①满… Ⅱ.①武… Ⅲ.①朱淑真（1079~1131）—诗词—文学欣赏 Ⅳ.①I207.2

中国版本图书馆 CIP 数据核字（2016）第 013146 号

满院落花帘不卷——从诗词中品读朱淑真的爱恨喜忧

著　　者：武庆新
责任编辑：符彩娟
封面设计：尚世视觉
出版发行：北京工业大学出版社
　　　　　（北京市朝阳区平乐园 100 号　邮编：100124）
　　　　　010-67391722（传真）　bgdcbs@sina.com
出 版 人：郝　勇
经销单位：全国各地新华书店
承印单位：北京建泰印刷有限公司
开　　本：787 毫米×1092 毫米　1/16
印　　张：17.25
字　　数：178 千字
版　　次：2016 年 3 月第 1 版
印　　次：2016 年 3 月第 1 次印刷
标准书号：ISBN 978-7-5639-4604-4
定　　价：32.00 元

版权所有　翻印必究
（如发现印装质量问题，请寄本社发行部调换　010-67391106）

前　言

　　朱淑真，号幽栖居士，南宋女诗人、词人，幼颖慧，博通经史，能文善画，精晓音律，尤工诗词。在世四十多年。相传祖籍海宁，后于浙江钱塘定居。是历史上唯一可与李清照比肩的女词人，后世合称她们为"词坛双璧"，又有"北有李清照，南有朱淑真"之说。

　　她是一位孤寂但真实的才女，她的词作婉约清丽，她才华绝伦，纵横古今，但天妒英才，她一生感情失意。纵然命运如此薄幸，她始终未改初心，清风明月，默然爱着。"初合双鬟学画眉，未知心事属他谁。待将满抱中秋月，分付萧郎万首诗。"两心相会处，忘却世间万物，两情缱绻，恩爱情深。

　　她通音律，爱文字，诗书六艺，无所不能。她的文才冠绝古今，一想一念都可以成就华美的诗篇。她的诗词中有"绿杨影里，海棠亭畔，红杏梢头"的片刻欢喜，也有"满院落花帘不卷。断肠芳草远"的入骨相思，更有"此情谁见。泪洗残妆

满院落花帘不卷
——从诗词中品读朱淑真的爱恨喜忧

无一半"的闲愁万种,还有"芳心已逐。泪眼倾珠斛"的无尽苦悲。

她一生追求温暖的爱情,却始终不可得。她这一生都是为了爱,却枉费一腔情思。爱情虽短暂,却也心甘情愿。当她香消玉殒后,被后人倾慕不已,她的知音纷纷出现于世,为她留下千古的感慨,令人喟然长叹。

陌上花开,开到荼蘼,一卷断肠,千古绝唱。她是中国古代颇具才情的奇女子,她是红尘中的一株行走的花,即便经历过生死幻灭,在春天到来的时候,心中不曾枯萎的根还是会生根发芽。

愿这些诗词,能让我们回溯近千年的时光,回到那个时代,去看那名花倾国两相欢,去看那温暖年岁里温婉灵动的少女泼墨吟诗填词。纵使命运鬼祟凉薄,但人间总是有情的,时隔千年,依然有人记得她的诗词、她的美丽。

目 录

第一章 春有百花暗香流：独自凭栏，少女怀春

  第一节 绿杨影里，红杏梢头 / 003

  第二节 良辰美景，不负春光 / 005

  第三节 独自凭栏，闲云一剪 / 007

  第四节 诗情豪健，穷日追欢 / 009

第二章 梨花带月愁思量：陌上花开，见君倾心

  第一节 颜比花娇，待君画眉 / 019

  第二节 美人出浴，惹人怜惜 / 022

  第三节 春水碧天，诗酒为媒 / 024

  第四节 独立西湖，满腔愁思 / 029

  第五节 销魂蚀骨，万千柔情 / 036

| 满院落花帘不卷
——从诗词中品读朱淑真的爱恨喜忧

第三章 一片冰心在玉壶：断肠芳草，入骨相思

  第一节 琴瑟和鸣，红袖添香 / 043

  第二节 前尘往事，散作云烟 / 046

  第三节 月缺花残，满纸相思 / 052

  第四节 把酒送春，月下西楼 / 059

第四章 云烟漠漠芳草萋：晓风残月，与何人说

  第一节 曾把梨花，愁恨依然 / 065

  第二节 一路圈儿，一阕相思 / 070

  第三节 吟咏唱和，终不可得 / 074

第五章 凄风苦雨诉幽怨：花枝意红，不知人瘦

  第一节 萧瑟秋风，衾孤枕冷 / 085

  第二节 瘦骨清风，同床异梦 / 090

  第三节 半飘残雪，梅也无情 / 094

第六章 泪洗残妆无一半：闲愁万种，花落水流

  第一节 暮暮朝朝，天涯无尽 / 105

  第二节 此情谁见，泪洗残妆 / 110

目 录

第三节　关山明月，悲苦离人　/　114

第四节　词坛双璧，南宋双姝　/　120

第七章　千里相思付东流：一别两宽，各生欢喜

第一节　鸟鸣惊梦，眉锁依旧　/　127

第二节　冬晴无雪，花开无伴　/　133

第八章　秀寒苦悲郎情薄：一地落红，独享清欢

第一节　东君情薄，负心难留　/　141

第二节　苦挨寂寥，恨泪清瘦　/　149

第三节　卷帘无语，只怕春寒　/　157

第九章　长相思声声断肠：一见倾心，一生牵心

第一节　忆时情起，一往而深　/　165

第二节　花径飘零，扰乱寸心　/　170

第三节　花谢花飞，春去不归　/　178

第十章　相见时难别亦难：春暖花开，愁去君来

第一节　长相思起，心心念念　/　187

第二节　啼鸟春归，苦乐交织　/　194

满院落花帘不卷
—— 从诗词中品读朱淑真的爱恨喜忧

  第三节 金风玉露，与君相逢 / 200

第十一章 一腔痴爱终怜惜：满园春色，万紫千红

  第一节 相思莫负，一心一念 / 207
  第二节 一梦缠绵，明月天心 / 213
  第三节 开到荼蘼，花事未了 / 220

第十二章 此恨不关风与月：孤高烈女，四时同色

  第一节 旧事惊心，相顾无言 / 229
  第二节 心如止水，熄灭尘缘 / 234
  第三节 风波再起，苦情无限 / 240

第十三章 问世间情为何物：心向日月，桃花遇劫

  第一节 因情而生，因情而逝 / 249
  第二节 香消玉殒，广结寒香 / 253

  尾 声 / 264

第一章
春有百花暗香流：独自凭栏，少女怀春

暮日西沉，山河漫漫，独自凭栏，闲云一剪。豆蔻年华，总是参不透世相迷离，命运玄机。不如在这清风明月下，但享自在。

第一章 春有百花暗香流：独自凭栏，少女怀春

第一节 绿杨影里，红杏梢头

迟迟春日弄轻柔。花径暗香流。清明过了，不堪回首，云锁朱楼。

午窗睡起莺声巧，何处唤春愁。绿杨影里，海棠亭畔，红杏梢头。

——《眼儿媚》

古往今来，文人墨客最向往的朝代应该是宋代吧。那是一个绮丽与浮艳、豪情与婉约并存的时代，琴棋书画，才子佳人，演绎着无数风流佳话，其中就有绝世才女——朱淑真。

关于朱淑真一生的记载，历史上留下的很少，经后人搜集资料，推测她是南宋早期人，出身于一官宦家庭。因为家境还算富足，从小便接受良好教育，琴棋书画样样皆通，诗词写得尤其出众。不幸的是，朱淑真的婚姻并不美满，她由父母做主嫁了一个自己很不满意的夫君。难堪的婚姻让一代才女早早地

满院落花帘不卷
——从诗词中品读朱淑真的爱恨喜忧

就抑郁而终。因此,在她死后,父母把她的全部诗稿一把火烧掉了。

虽然朱淑真的一生总是时时风雨处处阴霾,反映在她的诗词里便是有太多的幽怨,但朱淑真的少女时代还算是快乐幸福的,这些从她早期的诗词《眼儿媚》中可以感受到。

"迟迟春日弄轻柔。花径暗香流。"春日融融,和煦的阳光抚弄着杨柳的柔枝嫩条。值此良辰美景,信步走在花间小径上,一股暗香扑鼻而来,令人心旷神怡,这样的春天多么美好啊!里面一个"弄"字,形象、生动、鲜明,描绘了一幅风和日丽、花香怡人的春日美景。

可是好景不长,清明一过,阴霾到来,朱阁绣户被阴郁的云雾笼罩着,心随境转,这时候总是习惯回忆,可往事不堪回首。一个"锁"字,道出心动而身难动的无奈。

"午窗睡起莺声巧,何处唤春愁。"一个百无聊赖的寂寞女子,本来想在午睡中消磨时光,莺声却把她吵醒,这让她觉得日子更漫长、更难过。这惹起无限春愁的莺躲在哪里呢?是绿杨影里,还是在海棠亭畔,抑或是在红杏梢头?词人的春愁,此时就像飞鸣的流莺,忽而在东、忽而在西,说不清准确的位置。

这首词细腻自然、舒缓轻柔,以鸟语花香来反衬一种深深的莫名惆怅,从中可以看出词人细腻的感情波澜:春回,而"我"却已经回不去了,尽管春日迟迟、花径流香,所有的花红柳绿都在招摇,而"我"的心情却无法如往日那样欢欣了。如此良辰美景,如此妖娆年华,我的青春为谁而绽放?这不可名状的愁怨,词人并不说破,而是留给你去无穷想象。

第一章 春有百花暗香流：
独自凭栏，少女怀春

第二节 良辰美景，不负春光

恋恋西湖景，山头带夕阳。
归禽翻竹露，落果响芹塘。
叶倚风中静，鱼游水底凉。
半亭明月色，荷气恼人香。

——《游湖归晚》

虽然朱淑真一直有一种多愁善感的情怀，但那个时候的她，对于自己的未来，还是充满乐观期待的。她自幼受到良好的教育，得到双亲的宠爱，十几岁的她有时也会去美丽灵秀的西湖边游玩。春夏之交的西湖，美景令人流连忘返，远处山头上尚有斜照的夕阳、归巢的鸟儿、戏水的游鱼、碧绿的荷叶、皎洁的银月，无不令人沉醉。良辰美景，不忍辜负，也令人诗兴大发。因此，在西湖边，朱淑真写下了这首《游湖归晚》。

在她的笔下，所有的景物都被赋予了一种幽静的色彩。闺阁少女泛舟游湖，自在欢快，而缭绕的荷香本属无情物，却偏偏惹她生恼，一种娇痴可怜的小女儿情态跃然纸上。朱淑真身着一件淡青色的裙衫，雪肤花貌，清新素雅，长长的青丝，头

满院落花帘不卷
——从诗词中品读朱淑真的爱恨喜忧

顶斜插着一支素雅的钗子,漫步在西湖之畔,欣赏山头西沉的斜阳。忽而听见飞禽扑棱着翅膀在水中嬉闹的声音,刚想抬头寻找这些活泼的鸟儿,身后小林中,又听见初熟的果子落到肥沃土地上的咕咚声响。她不禁沉醉在这大自然的美景之中流连忘返,不忍归去。她蹲下身子,注视着湖水中穿梭游动的小鱼儿,它们如同水中的精灵一样翕忽往来,似乎在与岸上的她玩闹。就这样,她在西湖边放任自己融入这湖光山色之中,直到夕阳彻底沉睡,月亮悄悄地爬上天边,洒下满地皎洁柔和的清辉,方才意识到天色已经很晚了,该是回家的时候了。她恋恋不舍地刚想起身归去,近岸处盛开的莲花却又散发出丝丝缕缕的幽香,似乎是不愿她离去,想牵绊住她离开的脚步。这惹出了淑真娇嗔的小性子,她气恼美景对自己内心的牵绊,却也不得不回去了。

曾有一个传说认为其实每个人都是一种植物所幻化,故而古往今来的文人墨客都喜欢把姿态各异的女子形容成姿态各异的花儿。如若真是如此,朱淑真大抵就是莲花所化吧。人人都说莲花美,谁知莲子心中苦。她的一生,其实果真如莲花一般清高孤绝。就像周敦颐在《爱莲说》中所形容的:"出淤泥而不染,濯清涟而不妖,中通外直,不蔓不枝,香远益清,亭亭净植。"那么漫长的年岁,在世事无常中,不过就是一朵莲花从开放到凋零的轮回。其实,不论是什么花,都无法逃脱最终衰败的命运,就像世间的我们,从因缘际会地被生下来,到最后不知所以然地死去,始终是一无所有的。因为所有的相逢和得失,说到底都是一场萍水相逢,缘到则聚,缘尽则散,不管如何行

第一章　春有百花暗香流：
独自凭栏，少女怀春

走在阡陌纵横的人世间，到头来也枉教流年漂洗了青春容颜。

有时候，一个简单的道理，我们却无法心甘情愿地接受，非要吃尽苦头，穷尽所有，才能知晓最后的迷局。朱淑真在西湖边泛舟赏荷的时候，就是她一生中最轻松自如的时候了吧。那段时光短暂得如同黄粱一梦，她在梦里找到了一片桃花源，那里没有哀怨和断肠的凄清，只有孤高的白莲，盛开在清溪之畔，不招摇，不媚俗，安逸而清淡。

第三节　独自凭栏，闲云一剪

淡红衫子透肌肤，夏日初长水阁虚。
独自凭阑无个事，水风凉处读文书。

——《夏日游水阁》

春天过了，夏天的美景更是繁盛。少女们大多喜欢在夏天去游湖戏水，捉鱼儿，采莲花。而朱淑真却与众不同，独爱在夏日拿着一卷书，在水阁边闲坐，凭栏望水，呆坐着静静地想着心事。而此时一阵清爽的风夹带着水意轻拂过来，水边闲坐的少女蓦然惊觉，从心境里走出来，展开手握的书卷，静静地读书。

满院落花帘不卷
——从诗词中品读朱淑真的爱恨喜忧

青春真的是人的一生中最美好的时光,少女时代的朱淑真就是这样一位身着淡红衣衫、颜比花娇、天真烂漫的少女,也许只有这个时候的她,才可以这般无忧无虑与任性恣意。她怀着一颗赤子之心去热爱生命,写下数首风格明朗轻快的诗词去赞美生活。她把自己天真烂漫的少女情怀尽数铺陈于笔端,把那段无忧的年华和纯真率直、活泼可爱的模样在诗词中淋漓尽致地挥洒,成为日后她哀叹命运多舛的《断肠词》中曾经有过的一抹永远明艳的亮色。

朱淑真是个安静的女子,她不喜欢跟同龄的姑娘们一起出去嬉闹游玩,有闲暇的时间,如题引的小诗所描绘,她更愿意自己一个人临水读书。其实她是孤独的,她的一生都是孤独的,也许连她自己都不知道为什么会对孤独情有独钟。山水是孤独的,书卷也是孤独的,不论我们在人间经历过多少世事变迁,那些长眠在书卷翰墨里的古人都依旧是安静的、无言的。她爱的就是这种孤独和无言的心境吧,所谓行到水穷处,坐看云起时,她和书卷中的知己们,穿越时空,用彼此的心灵去交流,这让她感到宁静和踏实。

我曾经以为,人终归是适合群居的,自己一个人孤独得太久了,心会渐渐衰老,失去活力。而实际上,并不是每个人都当得起"孤独"二字的,因为真正的孤独其实是奢侈的,平常的人根本孤独不起来。所谓的孤芳自赏,就像投错了胎,又伪装完美。"千山鸟飞绝,万径人踪灭。"这样的孤独让人心生羡慕和期待。因为若没有一颗宁静的心,是无法与万事万物彼此交流倾谈的。可朱淑真做到了,因为她甘于寂寞,愿意敞开胸怀，与孤独相爱。

所以，她甘愿把自己化为一缕清风，一剪闲云，把自己写入诗词中，留给古往今来的一切有缘人。而至于无缘的人，就这样擦肩而过吧。也许总有一天我们会意识到，相忘于江湖，可能比相濡以沫更深情。

第四节 诗情豪健，穷日追欢

春园得对赏芳菲，步草黏鞋絮点衣。
万木初阴莺百啭，千花乍拆蝶双飞。
牵情自觉诗豪健，痛饮惟忧酒力微。
穷日追欢欢不足，恨无为计锁斜晖。

——《春园小宴》

曾读过清代诗词评论家况周颐的《蕙风词话》，其卷四有文如是记述朱淑真："幼警慧，善读书，文章幽艳，工绘事，晓音律。父官浙西。……夫家姓氏失考。似初应礼部试，其后官江南者。淑真从宦，常往来吴、越、荆、楚间。"

这个时候的朱淑真自然还没有什么断肠可言，她生在世宦之家，自幼被亲人百般宠爱，父亲在浙西做官，家境优裕，她

满院落花帘不卷
—— 从诗词中品读朱淑真的爱恨喜忧

可以经常跟着父亲外出游历。朱淑真的父亲应当是一位疼爱女儿的慈父，何以这样说呢？在淑真作的《璇玑图记》中，她曾经写道："初，家君宦游浙西，好拾清玩，凡可人意者，虽重购不惜也。一日，家君宴郡倅衙，偶于壁间见是图，偿其值，得归遗予。"

大抵生性洒脱的文人士大夫们都有着这样的风骨，遇见可意的爱物，不惜重金也要买回家供自己赏玩。对于这样的人而言，钱财只是行走于世间的媒介，绝不是毕生所追求的东西。其实这样的心态真是极好的，钱财于人而言，本就该是一种工具，围着人转，为人服务。若太看重，诸事为它而做，以途径和媒介作为目标的话，这样的人生也就索然无味了。如朱淑真写她的父亲爱好古玩书画，宦游浙西的时候偶然发现了东晋才女苏蕙所作的《璇玑图》，大感因缘难得，便不惜重金买了下来，回家后送给了女儿赏读。这种父亲疼爱女儿的情意从文中可以轻易被体会，由此可以看出，朱淑真的才华也是被父亲所认可，并且爱重称许的。所以，尽管朱淑真后半生都过着噬心蚀骨般哀怨的生活，但那一段年华仍然是她毕生最值得珍藏和回味的光阴。彼时，她只是个永远长不大的孩子，会举着金樽到浓醉，也会言笑晏晏，如春意上枝头。

天资聪颖，颇有慧根又生于书香名门的朱淑真，大抵家人和相交之友也个个风雅，性情高洁洒脱。然而身为女子，她终究不得不被礼教束缚，难得遇到机会，在春天的花园里设家宴，她自是满心欢喜、大为开心地和亲友们在家宴上饮酒写诗，一直到夕阳西下仍然意犹未尽，只恨没有办法锁住时间，让这一

第一章 春有百花暗香流：
独自凭栏，少女怀春

刻的快乐如同琥珀一般永远凝结下来。

对于一个十三四岁的少女来说，她还不必担忧纷纷扰扰的世事和看不清楚的未来，因而在她眼中，一年四季都美景不断，风情各异，春有百花秋有月，夏有凉风冬有雪。春日游园，但闻花香；夏日凭栏看水，枕簟而眠；秋天时候带着丫鬟和三五好友去江边垂钓，少女清脆的嬉闹声惊起了游鱼，她微微嗔怒又任性地甩着钓竿，把所有不合时宜的大家闺秀的清高拘谨和庄重都暂且扔到身后，只是贪恋这秋日的美景，不忍辜负了大好的时光，玩性大发，自然而又真性情。这样活泼可爱美丽率真的少女，这样无忧无虑的烂漫与天真，怎能不让人心生爱怜？她的《暑月独眠》和《秋夜舟行宿前江》便极为灵透地描述出她这种充实而丰盈的心境：

纱橱困卧日初长，解却红裙小簟凉。
一篆炉烟笼午枕，冰肌生汗白莲香。

——《暑月独眠》

扁舟夜泊月明秋，水面鱼游趁闸流。
更作娇痴儿女态，笑将竿竹掷丝钩。

——《秋夜舟行宿前江》

夏日里，她白天在家中的水阁上看盛开的荷花，外面的阳光正盛，她在丫鬟的服侍下躲进朦胧的纱帐里，解去红裙，躺在清凉的竹席上午休小憩。纱帐外，雕花香炉中燃着老山檀，

满院落花帘不卷
——从诗词中品读朱淑真的爱恨喜忧

清醇香气钻进纱帐，丝丝缕缕地萦绕在她的枕侧。天气真是热啊，虽然躺在竹席上避暑，她吹弹可破的雪白肌肤上还是沁出了汗，少女的体香从那白似羊脂、光滑如丝缎的肌肤里透出来，就像夏日西子湖畔盛开的白莲花那般淡雅清新。

而到了秋天晚上，她又会让侍女驾着小舟来到江上。月华如水，凉风习习，江面上波光粼粼，鱼戏浅底，这个集万千宠爱于一身的少女一边手握钓竿击打水面，将丝钩掷入水中，一边咯咯娇笑，声如黄莺，畅快无比。

这般的豆蔻好年华，不惊不乱，恰似书中空白的扉页，留着等待涂画的洁白，对未来的一切充满了憧憬和期待。在闺阁帷帐中，在书案前，在庭院里，她的身影似摇曳的莲，带着一抹恍如隔世的清芬。那时的朱淑真，把诸多心思尽诉于笔端。君可知，其实万般的花在没有盛开之前，对尘世都有着相似的期待，仿佛人间存在的万般事物都是配角，一切只为预期这生命里浩大而华贵的爱。

中华历代都有才女出世，她们的才情和慧心比之于历代文豪才子，皆有过之而无不及。对于她们来说，诗书可以诉尽衷肠，也会令人愁思深陷。而朱淑真要做的是一朵红尘中的莲花，自性高洁，不受牵绊。生命如同灯烛，总有油尽灯枯的一天，而一颗清明自在的心却不会被生死束缚，如同活水，即使昼夜不停地流淌，亦不会干涸死掉。所以常保持一颗平常心，对于这样的女子来说，才是此生终极的修炼。

而古代女子的才情是并不被看重的，伦理上只要求女子做好服侍夫君和翁姑的本分，并不许她们有太多的分心之处。但

第一章 春有百花暗香流：
独自凭栏，少女怀春

江南之地也许是太过灵秀了，故而生长在钱塘湖光山色之中的女儿都是这般才华横溢。可若是一摞书稿、几滴淡墨就能言尽此生该有多好，可叹命运之莫测不让任何一人例外，所以史书中那些才女们，只有独对书案，青丝高盘，把辛酸的泪化作墨迹从笔端流出。捻亮青灯，烛影摇红，门外的石板路曲径通幽。独坐闺阁的她，煮酒焚香，抚琴作赋，调素琴，阅金经，静立如瓷玉，穿林带花容。纸笔间的墨迹渐渐淡去，心中的愁思却如盛夏的红莲那般，灼热盛大地开放起来。

而对于自己为什么热衷于闲弄诗词歌赋而不遵守"女子无才便是德"的古训，淑真自己在《掬水月在手诗序》中是这样解释的："翰墨文章之能，非妇人女子之事，性之所好，情之所钟，不觉自鸣尔。"

书案上放着一个镂空的缠枝莲花香炉，里面焚着暖暖的令人狂心顿歇的沉水香。淡淡的香烟与缠枝莲花绞缠在一处，充满眷恋，迟迟不愿消散，惹得少女的心中也生出温暖的惆怅。那清新脱俗的小女子模样，让时光都缓了下来，一寸一寸不忍飞逝离开。

可见，诗词文赋，便是少女朱淑真全部的痴爱寄托了。

后来朱淑真在《断肠词集》里面回忆说，她在小的时候曾听过一个故事，是说古时候有一个文人在京城的辟雍门前以卖文为生。这个辟雍门据考是古代皇子、贵族学习诗书礼易乐等技艺的宫室，由此可见，这个人在这里贩卖自己的文章，就好像坐在国库门前数自己的钱财一样，让人觉得可笑和不自量力。所以在辟雍门里学习的诸皇子、贵族都想出题为难他，让这个

满院落花帘不卷
——从诗词中品读朱淑真的爱恨喜忧

不知天高地厚的卖文人出丑。其中有位士子就以"掬水月在手"作为题引,命他作一首绝句来,却没想到这个卖文章的人确实是大才,不假思索就拈出了两句:"无事江头弄碧波,分明掌上见嫦娥。"闻听此句,辟雍门里学习的士子们都大为称赞叹服,于是不再找他麻烦,反而纷纷拿出钱来接济这位落魄的大才之士。而朱淑真十分钟爱这两句,只恨不能知道全篇,于是偏爱文字的她索性在闲暇之时自己推敲,想把下面两句续全。她虽然也懂得"女子无才便是德"的古训,但是对诗文实在是情有独钟,所以也没有多想什么,只是自己经常吟诵推敲而已,后来,她还真的续全了"掬水月在手"这首诗,甚至意犹未尽地又作了一首《弄花香满衣》来与之相对。

无事江头弄碧波,分明掌上见嫦娥。
不知李谪仙人在,曾向江头捉得么?
——《掬水月在手》

艳红影里携芳回,沾惹春风两袖归。
夹路露桃浑欲笑,不禁蜂蝶绕人飞。
——《弄花香满衣》

"掬水月在手,弄花香满衣",这花前月下的美不知唤起俗世多少百转柔肠。而好花和明月并不仅仅是繁华都市中人常有的私心寄托,更是人世间大美的表征吧。若能心如澄潭秋月,不慕红尘中的诸多辗转,只是无心应物,入于当下,心中生起

第一章　春有百花暗香流：
独自凭栏，少女怀春

时刻警醒之念，则水月花香皆为自然，山河大地尽是法身。连宇宙万物都尽归掌中，这无心所悟得的，才是最无法超越的大美吧。

而她，也在这样的诗词文赋间恍然如梦，好似幸福就在不远处，只消伸手，就可以触到。

人世间最令人恐慌的就是无常，可又没有人能逃得出无常，那才情姿容超群冠绝的女子，却是这红尘间开不败的花儿。纵然天地苍茫，历史无情，以万物为刍狗，但我们今天看到的那一轮明月，仍然还和当初激起她冲天才情的圆月同为一轮；纵然风烟已更换了无数朝代，零落了无数年华，那时候的市井人烟、寻常巷陌、春花秋月、夏荷冬雪都还艳艳地扑闪在这浓墨淡烟里。展开书卷，犹能听到那秋千架上的轻笑，那半弦残月下掩抑着悲凉的竹箫，还有那街头巷尾闹市人群中的喧闹。所有的思绪，时而缥缈，时而凝结，眸光聚集处，绽放在指尖的花儿倔强而苍凉地吐露着芬芳。

要说人的一生，因缘复杂，因果无情，轮回无尽，刹那永恒，一芥子可纳须弥，一弹指顷已过三大劫，这其中的端倪和道理，谁也说不清。而在静夜里举一杯清酒邀月问心，才知这心和岁月是最问不得的，一问就是刻骨铭心的冷清。不如在这清风明月下，捻一瓣心香，驱散万丈红尘，辞亲割爱，但享自在人生。

后人为她的诗词作序，云："清新婉丽，蓄思含情，能道人意中事，岂泛泛者所能及。"称赞她的诗文之美和她的冲天才情，少有人能与之比拟。而事实上，朱淑真也的确是宋代最高

满院落花帘不卷
—— 从诗词中品读朱淑真的爱恨喜忧

产的女词人之一,她的作品甚至比李清照的还要多,只是她身故之后,父母把她的一切痕迹都付之一炬,希望能以此了结女儿悲苦的人生,因此如今只残留这半卷《断肠集》,让后人为她凭吊,诗酒忆华年。

然而朱淑真少女时代的这些诗词,让我们希望能回溯近千年的时光,回到那个时代,去看那名花倾国两相欢,去看那温暖年岁里温婉灵动的少女泼墨吟诗填词。纵使命运鬼祟凉薄,但人间总是有情的,时隔千年,依然有人记得,她的诗词、她的美丽。

第二章
梨花带月愁思量：陌上花开，见君倾心

两情缱绻，恩爱情深，两心相会处，忘却世间万物。在人生中的某一时刻，一定会有某个人，让你一见倾心。

第二章 梨花带月愁思量：
陌上花开，见君倾心

第一节 颜比花娇，待君画眉

初合双鬟学画眉，未知心事属他谁。
待将满抱中秋月，分付萧郎万首诗。

——《秋日偶成》

在我还未知人事的时候，曾经以为此生不会掉进情欲的泥淖，不会因爱而心痛。那时的我无法理解那些为了情而痛苦流泪的姑娘们，私下里总去说何必如此想不开。而后来在经历了自己命中注定的一切后才深刻地明白，人生中总有些事是人所不能主宰的。对于女子而言，爱情是记忆里一场不散的筵席，明知不能豪饮，也要不管不顾地大醉一场；爱情是一杯蚀骨销魂的毒酒，每个尝试过的人都无法抗拒，明明知道这杯中有剧毒，也要含笑一饮而尽。

从朱淑真的这首《秋日偶成》里，我们明明白白地看出了一个豆蔻少女春心萌动的烂漫可爱，字里行间满是对未来的期

满院落花帘不卷
——从诗词中品读朱淑真的爱恨喜忧

待和对生命中那个值得托付的良人早日出现的盼望。

到了初合双鬟的十五六岁，是开始学习如何梳头发、画眉的时候，朱淑真悄悄地在心下憧憬着，那个能读懂自己心事的人现在到底在哪里呢？他究竟会是谁呢？但愿他一定要像梁武帝萧衍那样玉树临风又才华横溢啊。如果这个像十五的满月一般的美好梦想能成真的话，那我一定写出万首好诗词与他共同切磋。

梁武帝萧衍，是南梁国的开国之君。据史书记载，梁武帝六艺备闲，棋登逸品，阴阳纬候，卜筮占决，并悉称善……草隶尺牍，骑射弓马，莫不奇妙，是一个六艺俱通、知识广博的学者。他从小就接受正统的儒家教育，少时习周孔，弱冠穷六经。后来即位做皇帝之后，他虽万机多务，犹卷不辍手，燃烛侧光，常至午夜。在文学造诣方面，他又是魏晋南北朝时期著名的"竟陵八友"之一，才情风流，佛道儒经论史，没有不精通的。可见，刚刚十五六岁的朱淑真心气颇高，她心中理想的伴侣居然是萧衍这样的文武全才。也许正是因为如此，她后来嫁给了一个粗鄙的下层官吏才会郁郁寡欢，内心极不满意。

在古代，女子的及笄之礼也是女孩子的成人礼，那是女子一生中最美好的年岁。这个时候的朱淑真已经出落成亭亭玉立、颜比花娇的清秀少女，也到了该嫁人的年纪了。双鬟是古代未婚少女才梳的一种发髻，而画眉则更是寄托着一种浪漫的期待。古代男子为妻子描眉是夫妻恩爱的表征，正所谓眉目传情，所以十五六岁的朱淑真也开始想象日后那个在闺房中与她举案齐眉的男子的样子了吧。一个女孩子开始学习梳髻和画眉的时节，

第二章　梨花带月愁思量：
陌上花开，见君倾心

就是她情窦初开、向往美好爱情的时候啊。

容颜姣美的姑娘，对着圆圆的大铜镜中自己顾盼生姿的面影，一边拿着眉笔轻扫眉黛，一边偷偷地在心里思忖着，以后谁会来欣赏自己的美貌呢？女为悦己者容，以后自己到底要为谁梳妆为谁容呢？

《诗经》有云："有女怀春，吉士诱之。"因此大概古代时候女子对"白马王子"的评判标准就是玉树临风、才华横溢的文人书生吧。再加之朱淑真本身就是才气冲天的女子，对心中檀郎的期许当然更加高，一定要一个如萧衍那样完美的男子作为情郎。然后她跟他在圆月下以诗唱和，两心相会处，忘却世间万物，两情缱绻，恩爱情深。

昔日，她游西湖，岸边杨柳青，水中荷意浓，远山穆青色，水流泠泠声，万种心情都寄托在山水和文字之中。如今，春心萌动的少女又有了新的寄托。良辰美景奈何天，她还不知道命运会如何安排她，所以先偷偷地在心里描绘出那美好的愿景，存着一份对爱情的渴望。

天上月含清辉，闺中烛影摇红。观音像前，幽栖居士香花清供，只在万籁俱寂夜深人静时，许下自己对爱情的心愿：愿配得如意郎君。

满院落花帘不卷
——从诗词中品读朱淑真的爱恨喜忧

第二节 美人出浴，惹人怜惜

浴罢云鬟乱不梳，清癯无力气方苏。
坐来始觉神魂定，尚怯凉风到坐隅。

——《浴罢》

看多了古时文人墨客们所描绘吟诵的美人出浴图，其风格无非是赞颂美人如花，人比花更娇这样的风格。男性眼中美人出浴时值得赞颂的地方，不过就是倾国倾城的容颜、浴后光滑的肌肤、高盘的青丝、华丽的钗环簪饰、惹人怜爱的神态、精致的亵衣小裙之类。如香山居士脍炙人口的《长恨歌》里面对杨贵妃出浴的描写"春寒赐浴华清池，温泉水滑洗凝脂。侍儿扶起娇无力，始是新承恩泽时"，再如陆放翁的"浴罢华清第二汤，红绵扑粉玉肌凉"之类，大都只是赞叹出浴美人极态尽妍的风姿和美貌，所表现的都是男性的视角、男性的喜好。而朱淑真的这首《浴罢》却是完完全全以女性的视角陈述沐浴这件事，形容自己沐浴之后的感受：洗浴之后长发乱乱地披垂着并不梳理，纤弱的身体因为长时间地浸泡热汤感觉有些虚弱乏力，直到坐了下来才感觉到安定，而由于刚刚洗过澡身体虚脱，还

第二章 梨花带月愁思量：
陌上花开，见君倾心

必须坐在房间角落里的背风处歇息，以免吹到冷风感染风寒。这是一种完全来源于生活的真实体验，一反男性花间词风格的美人出浴诗词的香艳描写，是女性对于日常生活的一种平常而朴素的真实表达，虽落笔为诗，也只是朱淑真对日常琐事的记载而已。可见，朱淑真确实热衷于作诗填词，她对文字是有着真挚的热爱的。所以，她的诗词不只描写她的成长历程和情感波澜，也不只描写湖光山色春游聚会，连生活中诸如穿衣吃饭梳洗打扮这类的琐事也要以这种方式记述。

而那些从男性视角出发吟咏美人的诗词，在赞叹美人的文辞背后，也都带着一种男人的自恋心理。毕竟那个时代还是绝对的男权社会，女人没有地位，不论是怎样才华横溢的女子，最终的结果也不过是做了男性的附属品而已，她们是男性的审美对象。从很多诗词作品中都可以看出这一点，比如柳永的"执手相看泪眼，竟无语凝噎"，秦观的"为君沉醉又何妨，只怕酒醒时候断人肠"，薛昭蕴的"斜掩金铺一扇，满地落花千片。早是相思肠欲断，忍教频梦见"，等等。但不得不承认的是，一个女人最大的心愿，总是希望有一个男子，能懂得欣赏和怜惜她。她希望有这样一个人在身边，使她一生中最宝贵的青春年华不至于虚度。从某种意义上来说，女人更愿意用自己的生命，去见证其他生命的花落花开，欲说还休，欲诉还敛，徘徊而不能归去，一遍又一遍地寄托牵念。女人天性中对情爱的执着，也早已注定了命运的悲凉。

朱淑真其实是一个典型的闺阁女子，大部分时间都被那个时候束缚女人的"三从四德"观念禁锢在属于女性的狭小天地

满院落花帘不卷
——从诗词中品读朱淑真的爱恨喜忧

之中,所以她只能以她的才华来冲破桎梏,以诗词展现一代才女细腻深刻的内心世界。也许跟她相比,我们都不够真实。

第三节 春水碧天,诗酒为媒

门前春水碧于天,座上诗人逸似仙。
白璧一双无玷缺,吹箫归去又无缘。

——《湖上小集》

愿得一心人,白首不相离。这大概是世间女子心中最相似也最朴素的愿望了。

每个女子都有些属于自己的故事,然而,不论哪个朝代哪个地方,在她们的故事里,总会有些相似的寂寞词作。这些词作各具美态,各有韵味,点缀在历史长河中。这时的朱淑真不为世事烦忧,唯有一心愿,就是寻得那个要来携着她的手住进她心里的人。只是,人世苍茫,那个心中渴盼的人,是否也会像门前春水一样,在最好的时节适时遇见呢?

《湖上小集》描写的大抵是一次聚会的场景,据考可能是文人之间吟诗填词的雅集吧。这种雅集在古代是文人间相交的一种常见方式,只是朱淑真到底是女子,如何能参加上这样的雅

第二章　梨花带月愁思量：
陌上花开，见君倾心

集倒是值得琢磨的。不过这并不重要。我们可以知道，她和一些文人才子们在"春水碧于天"的湖边以诗词会友，根据她平日的居住地和行踪来看，这个湖很有可能就是杭州西子湖。在江浙一带，西子湖一向都是文人雅士们以文会友、以酒会友的中心区域，而朱淑真有机会在春光明媚的时节里，参加了一次这样的雅集。春水碧于天的时节，惠风和畅，杨柳依依，在依山傍水处，文人雅士们以诗酒为媒，雅会一处，可谓是高朋满座，谈笑有鸿儒，往来无白丁。在这众多的书生文士之中，有一位飘逸不俗、气宇轩昂的诗人，引起了朱淑真的留意。一个"逸"字已然流露出了少女春心萌动的情意，可见这个"逸似仙"的"座上诗人"就是她心中如意郎君的标准了。

"逸"即是气度不凡、卓而不群的意思。这位座上诗人在少女朱淑真眼中几乎是完美的，他有气度，有才华，品性德行都超出常人，俊朗飘逸，才貌兼备，就像天神一样。她心里想，如果这位诗人能与她配成一对，那一定是白璧一双，没有任何缺憾。可惜雅集散去之后，意中人却吹箫归去，没有人知晓她的心意和内心的倾慕之情，她只能带着内心的失落独自离开。

这首诗所表达的感情中最可贵的一点，大致在于在宋代那个十足的男权社会，朱淑真作为女子，敢于提出自己的择偶观点，不是跟从男性的标准评判事情，而是发出自己内心独特的声音，提出自己对如意情郎的选择标准。但理想始终不是现实，那"逸似仙"的诗人到底与她无缘，一见之后，红尘陌上，独自归去，空留少女一人。此时此刻，她的内心怅然若失，这失之交臂的情缘，不禁让人为之深深叹息。

满院落花帘不卷
——从诗词中品读朱淑真的爱恨喜忧

也许,这次集会上的一面之缘,就注定了朱淑真以后会哀怨悲苦地度过一生吧。

曾经以为,上天有成人之美,总该把才子和佳人配成一双。可命运凉薄,因果无情,最美好的爱情只能在幻想中生存,只因见了一面,便牵系终生,再也无法解开。哪怕心中那个檀郎,连她是谁都不知道,也要一头扎进这相思之中,痴迷得连自己是谁都彻底忘记。

这细小的心思是幽密的,只适合独自守候,却无法推托躲藏。她总想着一个人默默地去梳理,却永远是剪不断理还乱。朱淑真到底是女子,眉间心头浮现期盼的,到底还是一个男人和一份爱情。就像《白蛇传》中的素贞,修行千年入凡尘原本只是为了报救命之恩,可真正跟了许仙,却熔化在爱情的火焰里,为官人盗银库偷仙草,做任何事,在不能延续恩爱情意时,甚至倾尽天下水漫金山,天地之间都没有她惧怕的。待转回家中,却独自凄然,早已忘了,最初来人世间,仅仅是为了了结过去的恩怨而已。

所以,那个让朱淑真动心的男子吹箫远去了,她的心也跟着没了影子,只是独自相思,期望着心中檀郎能再度出现。以后她每每念及此日此景,内心就总是会泛起一丝惆怅。

元朝徐再思写过一阕《蟾宫曲》,其中有一句是笔者颇为钟爱的:"平生不会相思,才会相思,便害相思。"大抵朱淑真见过了吹箫男子之后的心情,也就是这般吧。这个人拨动了她少女怀春的第一缕情丝,让一个女子的心第一次因为一个男人而突然柔软下来。这种奇妙的感觉,真是最难忘却的。所以她痴

第二章 梨花带月愁思量：
陌上花开，见君倾心

迷其中了，甚至不知那个男子究竟是否知道她的存在，是否知道她为他动心，她的心、她的情都这样随他而去了。

她的心被这情思压得沉甸甸的，眼中心中都是那个只有一面之缘的男子，以至于夜不能寐。怀着这种剪不断理还乱的愁绪，她又写下两首诗，索性就以"无寐"来命名：

吹彻云箫夜未赊，梨花带月映窗纱。
休将往事思量遍，潋滟新愁乱似麻。
——《无寐》其一

背弹珠泪暗伤神，挑尽寒灯梦不成。
卸却凤钗寻睡去，上床开眼到天明。
——《无寐》其二

这时候的朱淑真情窦初开，只是一心向往一份美好的爱情，并不懂得命运的凉薄和爱的伤心，尚不知晓真心地去深爱一个人的苦楚和付出。她只是因为那一面之缘、一见倾心，便放任内心义无反顾地去追随，率直、决绝而又多情。

他的箫声真动人啊！整整一夜，那声音还一直在她的耳畔回响。窗外默默开着的洁白梨花，和苍白的月色交织着，映照在她这个孤独女子的窗纱上，似乎是有意衬托她的孤清。她辗转反侧夜不能寐，不断地猜想，这样一个完美无瑕的男子，他到底姓甚名谁呢？要怎样才能配得上他这样美好的人呢？这些思绪，如同湖水中潋滟荡漾的波光一样，荡漾在她的心湖里，

满院落花帘不卷
——从诗词中品读朱淑真的爱恨喜忧

让心乱如麻的她更添愁绪。

而第二首诗则是表现她在初见意中人后,从此陷入了深深的思念中,可纵使思念也还是无法再相见,只能偷偷地流泪。夜阑人静的时候,她愈发伤神根本无法入睡,索性起床,挑亮灯烛,想静静心绪然后赶紧入睡,做个梦来分散注意力,可是心里全都是他的影子,连入梦都成了不可得的愿望。夜已深了,她无奈之下,只好卸去发上的珠花发钗,躺在床上强迫自己快睡,却还是兀自睁着眼,就这样挨到了天明。

读到这里,会觉得朱淑真真是惹人心疼。她的感情太过执着,倾尽所有的付出却是一个人的独角戏。人生的大幕太过沉重,每一次拉开都要费尽力气,而她的等待如同春日里娇艳盛开的花儿,是少女的心里美好而芬芳的想象,但自从雅集上见到了这个男子之后,梦幻中的爱情却突然变成了现实,沉沉地砸在了她的心里,随之而来的就是漫长的独自相思、独自挣扎,男子低沉而深邃的箫声吹奏的是她心中挥之不去的压抑和日后那一点一点累积的凄凉。

朱淑真,她本该是生长在宋朝风月下的花,却从此在风霜的渡口艰难地开放,在一个女子一生最美最该被呵护的年华里,艰难却满心诚挚地去盛开,尽管她的爱情似乎从一开始就没有支柱。她成了深秋池塘里孤独的荷,片片花瓣被生活的风烟无情地踩躏,连给自己一个拥抱的能力都没有,只能兀自苦心。

第二章 梨花带月愁思量：
陌上花开，见君倾心

第四节 独立西湖，满腔愁思

连理枝头花正开，妒花风雨便相催。
愿教青帝常为主，莫遣纷纷落翠苔。

——《惜春》

自从雅集上偶然见了那逸似仙的男子，朱淑真的心就彻底被相思占据了。自古相思易断肠，她对他念念不忘，却又苦于无法相会，于是每日苦苦思念，闭门不出，默默垂泪，茶饭亦不思。本就纤弱的她这下身子更加不好了，愈发清瘦下来，长发垂乱，面带病容，再没了昔日怀着对爱情婚姻的美好想象，流连于花丛中的那青葱少女的样子。她的父母看见女儿忽然心事重重病倒了，却不知为何，只是担心忧虑，几次三番请来医术精湛的医生为女儿诊治。但心病还须心药医，她起自内心的相思之苦，医生从外在又如何下手诊治呢？于是全无起色。毕竟欲解心中病，还需觅得梦里人啊。

父母的心里自然是万分疼惜，但也束手无策。朱淑真生性缄默，习惯把大大小小的事情都埋藏在心里。因为很多事情只有自己才能体会，纵使至亲如父母，除了跟着你一同辛苦之外，

满院落花帘不卷
——从诗词中品读朱淑真的爱恨喜忧

也不见得能为你解开心结,何况还是未出嫁的女儿家最难以启齿的暗恋情事,更是无法跟父母双亲开口。她的父母别无对策,于是打算寻一个风和日丽的天气,让女儿去西湖散散心,解解心中的郁闷情怀。虽然宋代对于女子的教条众多,礼仪严谨,但到了这样的时候,也顾不得那么多了,派两个得体的丫鬟贴身服侍看护着,应是无大碍的。

朱淑真得知这个消息,也多少打起了几分精神。出游那日,她清早起床换衣,对镜梳妆,望着铜镜中憔悴的面影,才注意到原来这短短几日,自己已被相思苦折磨成了这般样子,心下不由得再度泛起忧伤,一边勉强抬起手臂箆着长发,一边发出一声长长的叹息。

梳妆完毕,在父母的万千叮嘱下,她与两个贴身的侍女一同出门去了。漫步西湖边,在当日诗酒雅集的垂柳之畔,她见景生情,对吹箫男子的思念更是一波波涌上心头。她一边缓缓地在岸边行走,一边向当日看见男子的方向极目远望,真希望天公作美,再让她和他相见一次。哪怕只有一次,她一定要和他吟诗唱和,和他在绿杨阴影中共立,他吹箫,她抚琴,用这样琴瑟和鸣的方式,来表达她心中的思慕之情。路边的柳絮随风漫飞,像极了她心里的愁绪。

怎道负花期,惜芳菲,绿褪红消,数十日春光如过隙,怕春归偏又见春归。

独立西湖边,看洁白的柳絮飞满天,怀着这样深的相思和哀愁,她命丫鬟铺纸陈墨,把满腔愁思无奈,尽付此诗中。

此时此刻,"连理"便是朱淑真心中最深的期盼了吧。她

第二章 梨花带月愁思量：
陌上花开，见君倾心

原本就像娇艳美丽的花儿一样盛开在连理枝头，本应和那位男子有如同才子佳人一般天造地设的美好姻缘，但命运的凄风苦雨却因嫉妒这样的美好而辣手相摧。真希望掌管春日的青帝能够操纵四时，使连理之花常开并蒂，永不凋零分离，莫让风雨纷纷摇落芳魂满地啊！

连理枝通常代指恩爱的夫妻，如形容唐明皇和杨贵妃的那句"在天愿作比翼鸟，在地愿为连理枝"。可在少女朱淑真眼里，连理枝指代的却是相亲相爱的恋人，你怜我貌，我惜汝才，共为连理，幸莫大焉。

在苍茫的历史长河中，似乎有一个不幸的规律：凡是才貌俱佳的女子，在爱情上都颇多失意，总无法配得有情郎，或因封建礼教终落纷飞。正如鱼玄机诗中所言："易得无价宝，难得有情郎。"这样的女子，如汉乐府诗中的刘兰芝，以及后世历代的诸如薛涛、鱼玄机、叶小鸾、柳如是、李清照、张爱玲等，若把她们的故事全部讲述出来，只怕花上一大段的时光也叹息不尽。

自古红颜多薄命，而那才貌双绝的红颜，更是命比纸薄。

春天的西子湖美得如诗如画，岸边的少女却满怀怅惘。见得满眼的花红柳绿，游人如织，却独独见不到她心中的萧郎。

朱淑真作为宋朝与易安居士李清照齐名的大才女，对婚姻感情的期待和要求自然也是极高的，一般的俗人是无论如何都入不得她的眼的，而那些附庸风雅的假书生更是让她厌弃。也许她对婚姻感情的过高期望，在日后，也成为她婚姻不幸、终生断肠的深刻原因之一吧。关于这一点，有诗为证：

满院落花帘不卷

——从诗词中品读朱淑真的爱恨喜忧

>春云漠漠连春空,映阶草色绿茸茸。
>不寒不暖雨新霁,满城佳气浮葱葱。
>岸柳依依微烟笼,园林淡荡催花风。
>东君造化一何工,施青绘紫复匀红。
>多少闲花与凡卉,不论妍丑争夭秾。
>燕舞莺歌昼晷永,帘幕无人门宇静。
>何处飞来双蛱蝶,翩翩飞入寻香径。
>可怜春色都九旬,朝欢暮宴归王孙。
>秃毫属纸写诗人,长歌短什劳精神。
>长歌短什聊自适,岂有佳句生阳春。
>
>——《春日行》

雨后初晴,空气清新,青翠的小草和青苔蔓延开来,放眼望去,一片绿茸茸的清新景致。天气温和,不寒冷也不很炎热,由于刚刚下过雨,天晴日朗,杭州的大街小巷繁华如昔。西子湖畔,雨后升腾的水汽如轻纱一般笼罩着湖畔的依依杨柳;花园里,温和的春风夹带着飘落的花瓣和柔和的花香缓缓地拂过。司春之神真是厉害啊,把春天造化得这样美好清新,比世间灵巧的画工还要技艺超群。虽然街市上西湖边游人如织、熙熙攘攘,却都不过是等闲的平凡之辈而已,还争相斗艳攀比,真是俗不可耐,毫无可看之处。大街小巷市井船舫中,一派歌舞升平,繁华热闹,似乎白昼的时光会一直停留,而黑夜永远不会降临,只有她自己安静地挂着帘子坐在马车中,没有人来打扰,

第二章 梨花带月愁思量：
陌上花开，见君倾心

格外清净。看外面，不知道哪里来了几个好色贪香的流俗之辈，又到繁华的地方去寻香了。而那些王孙贵族们日日沉浸在歌舞升平中享受声色犬马，却没有追求、不思进取，终归有一天会在安逸中葬送自己的一生。至于那些附庸风雅整天吟诗作对以炫耀自己有才华的虚伪文人，则更是令人生厌。本来作诗填词这样的事，不论是长歌也好，短诗也罢，都是为了抒写自己的心迹，如果写来只是为了炫耀自己的才情，那还不如安静无为地度过此生为好呢。

除了《春日行》这首长诗，西湖春游的时候，她还一气呵成写了十首《春日杂书》，借助春游时所看到的各色景物来抒发内心的茫然若失。但不论是《春日行》也好，《春日杂书》也好，她这一时刻所写的诗词有一点是相同的，那就是虽然这些诗表面上皆是怀春之作，实际上字里行间表达的都是内心的凄凉与无奈。

其一
春来春去几经过，不似今年恨最多。
寂寂海棠枝上月，照人清夜欲如何。

其二
柳丝拂拂弄东风，日色春容一样同。
嫩草破烟开秀绿，小桃和露坼香红。

满院落花帘不卷
——从诗词中品读朱淑真的爱恨喜忧

其三
松松丽日约余寒,春向梅边柳上添。
蜂蝶自知新得意,展须忙翅入层帘。

其四
柳垂新绿腻烟光,紫燕惺忪语画梁。
午睡忽惊鸡唱罢,日移花影上窗香。

其五
卷帘月挂一钩斜,愁到黄昏转更加。
独坐小窗无伴侣,凝情羞对海棠花。

其六
斗草寻花正及时,不为容易见芳菲。
谁能更觑闲针线,且媵春光伴酒卮。

其七
月筛窗帆好风生,病眼伤风泪欲倾。
写字弹琴无意绪,踏青挑菜没心情。

其八
一年好处清明近,已觉春光太半休。
点检芳菲多少在?翠深红浅已关愁。

第二章　梨花带月愁思量：
陌上花开，见君倾心

其九

濛濛细雨湿香尘，似欲藏鸦柳色新。
斗草工夫浑忘却，只凭诗酒破除春。

其十

自入春来日日愁，惜花翻作为花羞。
呢喃飞过双双燕，瞋我垂帘不上钩。

——《春日杂书》

西湖春游的这两日，朱淑真就这样把满腔复杂的心绪都流露在了一首首的诗词之中，虽然还是无法与心中人相见，但多少也能打起一些精神来了。她劝慰自己要为了让父母双亲安心而努力忘却愁绪，她甚至告诉自己，也许那一日的事根本不是真实发生的，可能只是一场虚幻的梦境吧，既然抓不住，就快些忘了吧。虽然她努力这样开解自己，但是终究也找不回未经历之时的自在欢快了。从此她变得忧郁而多情，更加悲时伤事、多愁善感了。

生为女子，翻开她们命运的书卷，首先赫然入目的，就是一个大大的"情"字。朱淑真的情诗异常深刻，仿佛注入了灵魂一般，让读诗的人在被其才情折服的同时，也一同掉进这情感的深渊。

满院落花帘不卷
——从诗词中品读朱淑真的爱恨喜忧

第五节 销魂蚀骨,万千柔情

恼烟撩露,留我须臾住。携手藕花湖上路,一霎黄梅细雨。娇痴不怕人猜,随群暂遣愁怀。最是分携时候,归来懒傍妆台。

——《清平乐》

时光飞逝,朱淑真就在这样心事重重的状态下,一首一首地吟诗填词,吟到春归去,填到夏复来。

一日,她正对着窗外凝神静思,突然贴身侍女进来通传消息,说家里来了个朋友。而淑真数月来心思寡淡,像看破了红尘一样,哪里有多余的心思管他什么朋友还是客人,只是淡淡地应一声"晓得了",便继续对着窗外远眺。侍女见她没有反应,便继续挑明了说:"是大人吩咐让小姐去门厅里见个礼,免得传到外面去,说我们朱家的女儿不知礼节。"

父亲的意思,淑真自然是不能违逆的。而且自己自那日见了那男子后情绪骤变,也亏得父母体谅,不多加过问,她心里对父母还是充满感激的。既然父亲叫她出去见礼,自己就断无继续闭门不出的道理,所以她略略整了整衣衫妆容,便下座起

第二章 梨花带月愁思量：
陌上花开，见君倾心

身准备出门去给客人见礼。丫鬟跟在她身后走，一边附在她耳畔悄悄地说："被大人和夫人称作朋友的那位公子生得甚是俊俏呢。"说着甚至脸上还荡漾起一丝若有若无的笑意。

听得这句话，朱淑真心里突然一惊，一种女性天生的直觉让她觉得，这个客人似乎与她有着什么说不清道不明的关系。她不禁加快了脚步。

出了闺房，她正欲从花园里穿行而过的时候，刚好见到那个客人尾随着父亲也走进了花园。她赶忙走过去准备招呼，站定了望向那个客人。这一眼，如同晴天霹雳一般，让她定在了原地。原来这客人不是别人，正是当日西子湖畔雅集会上那位"逸似仙"的男子，也就是几个月来她为之流尽了泪水的吹箫男子。

命运真是善于捉弄人，她苦苦思念他的时候，他就是不出现，而如今她拼命地想忘记他，他又突然以这样一种始料未及的身份出现在她的生活中，甚至出现在她的家中。

见女儿久久愣神，父亲赶紧清清嗓子咳了两声。淑真这才回过神来，以慌乱的眼神扫过男子的面容。他真是生得好啊，面如冠玉，神色清朗，一身白衣显得身姿飘逸。她突然娇羞起来，以袖掩面，轻轻地福身问好。对面男子看她也看呆了，见她作礼，也赶忙躬身还礼。

父亲介绍说，这是自己昔年一位故人之子，寒窗十年，学富五车，如今准备进京考取功名，在家里暂住一段时日。

这男子的出现，如同一颗石子投进湖水之中，激起重重水波。刹那间，她内心的阴霾一扫而光，代之的是万千的柔情。

满院落花帘不卷
——从诗词中品读朱淑真的爱恨喜忧

随后,她跟着父亲走出花园,希望父亲可以允许她跟这位年轻的客人一同切磋切磋诗文,可是没有得到父亲的应允。毕竟在宋代那么封建的时代,淑真作为一个女儿家,怎么能和一位男子走得太近呢?但难得见到女儿容光焕发,父亲也没有太严格地隔绝他们往来,只是叮嘱女儿做事注意尺度,不要让人传了闲话出去。

当日,她便吩咐身边的侍女,把家里东边的屋子打扫干净,请客人搬进去备考。她心中的喜悦难以自持,甚至还作了一首《贺人移学东轩》来鼓励他精勤努力,以求金榜高中。

> 一轩潇洒正东偏,屏弃嚣尘聚简编。
> 美璞莫辞雕作器,涓流终见积成渊。
> 谢班难继予惭甚,颜孟堪希子勉旃。
> 鸿鹄羽仪当养就,飞腾早晚看冲天。

从诗中可以看出,对于这位客人的到来,少女朱淑真的喜悦之情难以言表。她为了让他安心读书学习,虽然不能亲自去为他收拾屋子,也吩咐侍女清除屋中的尘嚣,整理好他需要的书本,让他搬进去,并将他比喻成美玉,深信他日后必能成器,因为连涓涓细流都可以汇成深广的江河,何况是他这样才华横溢的少年。但她自己却很谦虚,认为自己不能像东晋才女谢道韫和东汉的班昭一样有才情,但是他却可以像孔子的弟子颜回和"亚圣"孟子一样成为大才,而她也知道他的志向如鸿鹄一样高远,也相信他日后必定可以一飞冲天。

第二章　梨花带月愁思量：
陌上花开，见君倾心

　　她写了这首饱含着浓浓情意的诗赠他，还经常寻得机会，避开父母的耳目悄悄过来与他吟诗对词、切磋诗文，让他的苦读时光充满了快乐。他自然也懂得她的心意，而且他的心也本就属意于她。这样的生活浪漫而温馨，她和他都感到无比美好。她的身体迅速好转，他们的情也随着这样的生活越来越浓厚。

　　仲夏的一日，风和日丽，晴空万里。淑真的父亲因为公事外出，母亲又因为身体不舒服，在卧室里休息。淑真如往常一样，在东轩陪他读书。而他看着窗外的好景致，提议去西湖游玩，赋诗填词，以飨今日好天气。

　　反正也没有人注意，能跟心上人同游西湖，吟诗填词，这是淑真盼望了多久的事情啊！于是她更衣打扮，趁着没人注意，和她的"萧郎"一前一后地溜出了家门，再次来到西子湖畔。

　　而当令时节，正是西湖荷花盛放的时候，西子湖碧波粼粼，清爽的夏风夹带着水意轻抚着她的肌肤。两人漫步湖边，男子握着书卷，时不时瞄一眼身边姣美的淑真，而淑真也感受到他的目光，愈发娇怯，粉面含羞，雪肤花貌，目如秋水。在他的眼中看来，她简直比盛开的荷花更美丽几分。

　　后来走累了，两人依着湖畔坐下来，欣赏粼粼的西湖水。这时候却突然莫名其妙地下起了细雨，两人措手不及，立即失了兴致，想赶忙找个地方躲雨。忙乱中，他抓着她的手，迅速跑进了湖畔的亭子中躲雨。她的手被抓住的瞬间，已经顾不上下不下雨这回事，只觉得心中有如鹿撞。待他拉着她跑进亭子，他抬手擦干脸上的雨水时，她的脸上早已飞起了淡淡的红晕。

　　他拿下了淋湿的帽子，回头看小姐有没有被淋坏，谁知一

满院落花帘不卷
——从诗词中品读朱淑真的爱恨喜忧

回头却见到了她粉面含春情意绵绵的面容。此时雨丝夹杂着一阵凉风拂过来,娇弱的她不禁打了个寒战,他马上脱下自己的长衫,把娇小的她罩在里面。

直到雨停了,他们才出了亭子,原路回家去了。

回到家里,为了避人耳目,他们各回房间。换好了衣服,她倚着梳妆台闲坐,对着镜子,痴痴地回味着刚才雨中的情景。想起雨停了两人不得不分开行走的光景时,心中不禁恼恨为什么这雨不能多下一会儿。

而这个甜蜜美好的场景,就被朱淑真填进了词里,便是篇首的那阕《清平乐》了。

经历过的人都知道,这是爱情最甜蜜的时候。此时此刻的幸福,纵使天下的富贵与财富倾尽都难以换来片刻。为了这甜蜜的一刻,纵使她之前承受了多少痛苦,也都是值得的。

第三章
一片冰心在玉壶：断肠芳草，入骨相思

月缺花残，把酒送春，入骨相思知不知。过了一季花期，便是分离，从此各自行路，心中不免回忆起旧事，内心也未免酸涩。

第三章 一片冰心在玉壶：
断肠芳草，入骨相思

第一节 琴瑟和鸣，红袖添香

> 红叠苔痕绿满枝，举杯和泪送春归。
> 鹁鹉有意留残景，杜宇无情恋晚晖。
> 蝶趁落花盘地舞，燕随狂絮入帘飞。
> 醉中曾记题诗处，临水人家半敞扉。
>
> ——《晚春会东园》

因为命运的安排，当日雅集会中的少年一边在朱家的东轩中读书备考，一边与才貌双绝的淑真吟诗唱和琴瑟和鸣，这样的生活真是浪漫又美好啊。可是美好的时光总是跑得格外快，常常是当事人还沉醉在其中，时光就已经没了踪影。我们总是说"时光飞逝，光阴无情"，其实仔细想想，飞逝的也许不是时光，而是我们自己。

少年在东轩苦读了三年，终于到了科考的时节了。在这三年里，朱淑真的家人渐渐地默认了她常常去东轩陪读。这默认的原因，除却父母对女儿的百依百顺和呵护宠爱，大抵也因为

满院落花帘不卷
——从诗词中品读朱淑真的爱恨喜忧

少年确实生得俊朗超群、一表人才。朱淑真的父母私下里商议后认为,只要这故人家的少年此次科考能够金榜得中,就同意把女儿许配给他吧。算来这三年,少年苦读诗书,淑真则在旁边为他润笔研墨,红袖添香,女儿心中的情意,做父母的如何看不出来。只是希望这少年真的能一飞冲天,金榜得中之后能披红挂彩风风光光地回来迎娶淑真,也不枉费女儿痴恋他的一片苦心了。

与唐代不同的是,宋朝的科举制度颇为严格。唐代的科举更重视诗词文赋和个人文采水平的评定,宋代科举虽然大体上延续了唐制,但更偏重策论和经义。到了宋神宗熙宁二年(1069年),索性将诗赋也彻底从考试中抹去了,只用策论和经义来评定人才,而其中经义又占据了相当大的比重,几乎成为科举考试中最重要的评定标准了。虽然宋朝科举最大的改进就是打破了对科考者门第的限制,使不论出身如何的书生士子都有机会赶考应试,但由此点看来,宋朝尤其是南宋之后的科举考试弊端依旧颇多。

既然宋代重策论,那么南宋自然也不例外。但到了朱淑真那个时代,策论已经从最初的自由论体日渐向程式化的论体转变了,科考中更是要求士子们所做的策论整饬有序,章法井然。形成了一种固定的破题、接题、原题、大讲、小讲、结题的程式化论体,而且,不论是经义还是策论,都格外注重用韵。《四库全书总目》的《论学绳尺》提要语说:"南渡以后,讲求渐密,程式渐严,试官执定格以待人,人亦循其定格以求合,于是双关三扇之说兴,而场屋之作遂别有轨度,虽有纵横奇伟

第三章 一片冰心在玉壶：
断肠芳草，入骨相思

之才，亦不得而越。"这清楚地说明了程式化的策论对士子们文思才能的束缚性。

朱淑真相信自己的心上人是才华横溢无人能比的，此次进京赶考，一定可以金榜高中，然后她就等着他骑着高头大马披红挂彩地回来迎娶自己过门。临进京前的最后几天，两个人都沉浸在即将分离的哀愁之中。他终于要离开朱家，到考场去跟天下才子们一试高下了。这时候朱淑真虽然还怀着美好的愿望，但也难掩心中愁苦，少年进京的头一日，淑真在朱家东园中赋诗摆酒，为他饯行。

这首诗里，淑真与心上人会于东园，时已是暮春。虽然东园里依旧是绿树红花，美景繁盛，但春天马上就要归去了，而她含泪举杯送他离去。她看着在茂密树丛间穿飞的各色鸟儿，心里怆然，感慨地说虽然鸧鹒有心希望留住这春天的美好，而杜宇也没有办法将这晚春的美丽永远留存下来。

鸧鹒是黄鹂的别名，而杜宇即是杜鹃鸟。据传说，战国时，望帝杜宇称帝于蜀国，时蜀国百姓为水灾所困，望帝即派大臣巫山去治理水患。巫山奉旨治水时，望帝却恋上了他独居在家的美貌妻子，遂与其妻子私通。后来巫山治水有功回来，望帝自觉有愧，无颜见功臣，于是禅位给他，惭而亡去。其魂魄化为杜鹃鸟，由于思念故土，杜鹃整天哀啼，其声音似在哀鸣："不如归去！不如归去！"甚至啼出血来，落在土地上化为杜鹃花。从此后人便用杜宇作为杜鹃鸟的别名，以纪念望帝。

这首诗中，朱淑真把自己比喻成黄鹂，把情郎比喻成杜鹃鸟，形容即将分离的哀愁。而蝴蝶也恋着落花，盘绕着满地的

满院落花帘不卷
——从诗词中品读朱淑真的爱恨喜忧

落花低低地飞,燕子则追随着漫天的柳絮飞入人家的帘子内,只有鸧鹒和杜鹃鸟却必须分开。醉眼迷离中,又回忆起了当年与他初见时吟诗作对的地方,昔日美好的旧事在此刻成了酸楚的回忆,让她心痛如绞。

相对无言。曾经的回忆是无法梳理的过去,生命的枝叶都被一腔心血染成了赤红的颜色。变化来得太快,少女穿着白裙还没有跳完一支舞,转瞬就感受到了秋天的凉。但此时此刻,她还不知道,这三年是她和他生平中仅有的一段共处时光,也是仅有的一次告别。

第二节 前尘往事,散作云烟

>春已半,触目此情无限。十二阑干闲倚遍,愁来天不管。
>好是风和日暖,输与莺莺燕燕。满院落花帘不卷。断肠芳草远。
>
>——《谒金门》

少年终于走了,去京城赴那三年一度的科考。他走了,朱淑真就如失侣的大雁一般,孤苦伶仃,寂寞忧伤。她终日把自己关在闺阁中,不愿出门,也不敢出门。朱家府邸中,他曾经经过的一草一木,他写过字的笔,她为他轻轻磨过墨的端砚,

第三章　一片冰心在玉壶：
断肠芳草，入骨相思

那昔日的一幕一幕，她不知是不敢再见，还是害怕遗忘，从而拼命地去温习记忆。然而在这个红尘中，有些厮守却比梦还奢侈，永远都触摸不到，空留泪水湿衣襟。

少年进京赶考，却并非想象中的那般顺风顺水。第一年科考放榜，朱淑真得知，她心中的檀郎（中国历史上著名的美男子潘安小名为檀郎，后遂用檀郎代指夫君或情郎），不仅没有名列三甲，也不是正科进士，甚至连恩科都没有攀上，而是直接落第无名。她伤心欲绝，但是曾经三年的伴读，她知道少年的才华绝不输于那些有幸进士及第的士子们，可为什么命运如此捉弄他？哪怕他能得到一个特赐第的恩科进士出身，她也就能嫁给他，成就一对有情人了。

宋代的科举考试，除了"三鼎甲"即状元、榜眼、探花之外，进士分为三个等级。一等称"进士及第"，二等称"进士出身"，三等"赐同进士出身"。南宋时期，每届考试放榜后，由皇帝亲自宣布登科进士的名次，并在琼苑中赐宴，即史称的"琼林宴"。与当今高考不同的是，宋代的科考对考生不做年龄限制，而且对进士科尤为重视，对于中了进士科的士子们，对考官都不可自称门生，而是直接成为天子门生。进士及第者基本都可直接授官，且大多数都可官至宰辅级别。而对于那些确实有过人之才而屡次考试失意的，自宋太祖起，还设有恩科。顾名思义，恩科即是皇帝的恩典，分为特奏名和特赐第，若有举人连考十五场而俱落榜，皇帝会别立名册亲试，真有才华者便赐同进士出身，从此便也是进士了。由于是皇帝亲自考试亲自赐予的同进士出身，故称为特奏名；而特赐第则是面向一些

满院落花帘不卷
——从诗词中品读朱淑真的爱恨喜忧

非进士出身的宰辅官员和一些科举不利怀才不遇的名士，以及曾为国家大事向君上献言献策得到采纳者、先圣先贤的后裔等几类人。说到底，宋代设置恩科是因为皇帝爱惜人才不拘一格而行封赏。而既然那少年的才情文思，能得到才华与李清照齐名的大才女朱淑真的肯定，想来自然也是不差的。既然不差，却为什么榜上无名呢？大抵不是因为他才疏学浅，而是因为他志不在此，加之读书人多多少少有些倨傲的性格，他也不愿浪费年华去考什么劳什子的十五场以求皇帝赐恩科，所以榜上无名。

而朱家的父母能默认女儿为少年陪读三年，自然也是希望少年有朝一日能金榜题名，一飞冲天。他们以为这故人之子是个"潜力股"，对他应该寄予了极大的期望，但却未能如愿。少年也许确实是一位旷世之才，但并不是可以列于皇帝朝堂之上的人才，因为他根本无意于仕途。那既然金榜无名，朱家父母自然会颇多微词，可能也会认为他根本配不上自己的女儿，因为他们希望女儿至少要嫁一个为官之人才算门当户对。而这少年心性也颇为倨傲，过去是为了伊人，才忍受了三年寄人篱下的生活，而如今自己科举落第，人情凉薄，人言可畏，自己和伊人自然也不会有什么机会再续前缘。与其再回去受那冷言冷语，不如忘了过去，一走了之吧。

这就是男人和女人的区别。男人在陷入爱情的时候，不论多么风月情浓，也不会过于被这情感所束缚。而若有一日感情无法延续了，不论当初爱得有多么深刻，他们总是能冷静地抽身离开，再开始新的生活，空留女人在过去的美好中苦苦徘徊。

第三章　一片冰心在玉壶：
断肠芳草，入骨相思

也许就是女人天性中对情爱的执念，早早就注定了她们命运的悲凉。

人生艰难，愿得一人心，白首不相离。对于古往今来的女子们来说，只是一个那么简单的愿望。可终究，还是不能实现。所以她悲痛伤怀，肝肠欲断。一日，她独自登上水阁，倚着栏杆，痴痴地眺望当年初识吹箫少年的西子湖畔，想着曾经经历过的爱情的滋味，如今余下的却只有孤独和伤感，不禁悲从心起，泪珠零落，打湿了她填词的镜花小笺。

往事已成空，还如一梦中。这一岁的春光已经匆匆过去了一半，却不似当年暮春的景致那般繁盛，目光所及之处，百花凋零，苦雨凄风。她整日形单影只，满心的凄苦和哀愁一波又一波不停息地袭上心头，就连上天也没有能力帮助她摆脱。

少年时代，总在期待会有那样的一个人突然闯进自己懵懂的青春，从此相依相伴。不论会经历什么，心中能有这样一种美好的期待也总是好的。可是这许多年后，即使隔着遥远的光阴，即使和心中那个他曾经共同经历的点点滴滴依然历历在目，但剩下的也只有回忆而已。

在这风和日暖的大好春光里，她只能斜倚在这水阁栏杆旁，凄凄惨惨戚戚，看时光缓缓穿过天空中落日的余晖，那温暖的光影之中，莺儿和燕子双双对对地飞来飞去，那么快乐。回头却看见落花满地，垂帘未卷，那残败的景象真是让人不忍多看。那幽幽的碧草连天而去，茫茫无边际，真是令人哀伤断肠啊！

断肠才女断肠句，句句离人泪。

应该就是这阕《谒金门》中的"断肠芳草远"成了朱淑真

满院落花帘不卷
——从诗词中品读朱淑真的爱恨喜忧

一生断肠苦楚生活的开端,一个爱而不得的才女心中永远无法遣散的哀愁。她写闲倚栏杆,她写满院落花,她写芳草断肠,其实都是在写她自己心乱如麻,几乎对人生绝望。

这是她诗词作品中的一个转折点。自此之后,朱淑真的诗词之中,便常有此类情感言语。如其诗作《春昼偶成》和《观燕》:

默默深闺昼掩关,简编盈案小窗寒。
却嗟流水琴中意,难向人前取次弹。
——《春昼偶成》

深闺寂寞带斜晖,又是黄昏半掩扉。
燕子不知人意思,檐前故作一双飞。
——《观燕》

他离开了,她从此彻底沉默下来,整日把自己关在闺房中,闭门无言。简洁的书案上是曾经和他一起读过的书卷,对着闺房的盈盈小窗,却再也看不到四季有别的美景,只能感受到料峭的春寒。她无心做事,只是默默地弹琴伤怀。想春秋时期的俞伯牙,在深山弹奏《高山流水》时有幸遇到钟子期这样的知音之人,而自己今天弹奏的曲子的深意又有何人能够意会?深藏在心中的这一番脉脉情意,又让她向谁人去弹奏呢?

黄昏时分,她半掩门扉,向外看去,只见斜阳依依,房檐前的燕子双双对对。此情此景更是触动了她的心绪,她叹息这

第三章 一片冰心在玉壶：
断肠芳草，入骨相思

鸟儿真是不解人意，明知自己现在孤独落寞无法排解，却偏偏还在她眼前故意成双成对地飞来飞去。这无处排解的愁闷，让她心中的苦痛瞬间涌上心头。想起当初和少年那一次雨中游西湖的光景，想起当初自己"娇痴不怕人猜，随群暂遣愁怀"的大胆奔放，心头又像有一股暖暖的春水流过，羞涩得面泛红晕。

于是她起身，强撑着不支的身体，再次来到西子湖畔。不知是巧合还是上天有意戏谑，天上突然又下起了如当日一般的细雨。她独自撑着一把纸伞伫立湖边，吟出了一首《新荷》：

平波浮动洛妃钿，翠色娇圆小更鲜。

荡漾湖光三十顷，未知叶底是谁莲。

景色依旧，人事全殊。如今的西子湖畔，已不见了檀郎飘逸的身影。只见湖面上浮动着点点翠绿色的新荷，仿佛是洛妃发髻上装饰的碧玉发钿。那三十顷的宽阔湖面上波光荡漾，不知那荷叶底下，盛开的是谁家的莲。

这首诗中的莲，除了指代莲花，也是一个双关语，通"怜爱"的"怜"。朱淑真实际上是在感叹自身的孤苦飘零，不知道她心中的情意，到底有谁人知晓。

朱淑真和她的檀郎，这对才子佳人就这样被命运分开，失之交臂。从此红尘陌上，两不相干。她散了云鬓，弃了珠环，为他终日凝眸，以泪为墨，执笔之间，前尘往事，就似这样散作云烟。

从此，他杳无音讯，她望断秋水，连梦里都是他的影子。

满院落花帘不卷
——从诗词中品读朱淑真的爱恨喜忧

那东轩的读书时光,那花园里共同赏花的光景,那西湖边相依相偎的心意,此刻对于她来说,都是痛苦的源泉。女人的天性是勇敢的,但是爱情和男人却是唯一能把她们打败的东西。那曾经的甜蜜幸福,成为后来断肠蚀骨的记忆,虽然苦楚透心,却无法堪破,也不愿堪破。

一段深情自此零落于江湖。以后的时光,看起来与之前没什么两样,但行尽江南,却再不与离人相遇。

玲珑骰子安红豆,入骨相思知不知。

第三节 月缺花残,满纸相思

缭绕晴空似雪飞,悠扬不肯着尘泥。
花边娇软黏蜂翅,陌上轻狂趁马蹄。
贴水化萍随浪远,弄风无影度墙低。
成团作阵愁春去,故把东君归路迷。

——《柳絮》

不认识他的时候,她在诗词文赋中独自居住,自以为修炼出蕙质兰心和不输男儿的冲天才情就足以抵挡尘世的风霜。可是,后来他出现了,照亮了她的生命,静如止水的心中也如同

第三章　一片冰心在玉壶：
断肠芳草，入骨相思

经过了骤雨疾风，闲池花落，月隐西楼，从此她厌恶透了一个人的孤单徘徊，只想与他共经风雨。在一起的日子，他们共剪西窗烛，燃一炉沉香，泡一壶清茶，调一端素琴，阅一卷金经。她看他挥毫泼墨，笔走龙蛇，寥寥数笔，境界全出。那墨汁淋淋漓漓，泅入纸中，也泅入她的心中。他的生命刻进她的轮回，那时的年岁，不计天干地支，因为这世上有他，她的生命，由他而始，也因他不绝。

可是他说他要走。他走后的日子，她靡日不思，几回魂梦与君同。她痴痴呆呆地伫立在他们共度了三年时光的东轩里，喃喃地说：我猜，你一定不是不回来了，就像娇软的花瓣粘住了蜜蜂的翅膀，轻狂的陌上风景困住了骏马飞腾的马蹄一样，就像那身不由己必须跟着浪花流浪的浮萍和被矮墙阻碍了的清风一样，你一定只是暂时迷失了方向，等再次找到路时，你一定会回来的。我等你回来，不管多远，不论多久。我等你回来，与我锄禾南山，采菊东篱，同赏藕花，共踏枫桥，流觞曲水之畔，泼墨松间之石，从此不离不弃，苦乐同当，风雨共度。

只可惜命运无情，朱淑真此刻的心思，她的檀郎却不知晓。人如黄鹤去，佳人空怅惘。她的少年已经走了，但她还是这样痴痴地怀念着、记挂着、期盼着，希望他只是一时迷了路，等找到路时一定还会回来。由此可知，朱淑真对这个少年用情至深，她用全部的爱把他深深地烙进了心里。

孟子说：穷则独善其身，达则兼济天下。虽然金榜题名后为官出仕、效忠君国是很多才子们的心愿，但历史上也不乏那些看淡功名、只求自由自在的文人。如北宋处士林和靖，就不

满院落花帘不卷
——从诗词中品读朱淑真的爱恨喜忧

慕世俗，终身隐居山中，梅妻鹤子，淡泊一生。

也许那少年是个生性极为清高自傲的，既然已经参加一次科举却落了第，与其费尽心思只为求得一个劳什子功名，不如像林和靖那样自由自在不受束缚地过完这一生吧。他愿意赋诗吹箫来讨得朱淑真的欢心和笑靥，却无法让自己为了一个功名不择手段，与贪腐无能的南宋官吏为伍。

在当时的历史背景下，南宋国力弱小，旁边有日益强大的金国和蒙古国虎视眈眈。金国贼子野心，屡屡滋扰朝廷，今天逼着南宋答应取消每年的上贡，明天又上表要求朝廷不仅要取消金国上贡，反而还要每年封赏物资给金国，后天又派兵来攻城略地滋扰百姓，而朝廷拼尽全力也只有抵御之力，毫无还手之功。南宋君主在治国方略上性多懦弱，于是一退再退，一让再让，一忍再忍。到最后虽然懦弱也终于忍无可忍了，于是联合了蒙古国去攻打金国。蒙古国灭了金国之后，国力大增，又反过身来攻打南宋，把南宋也给灭了，建立了元朝。当然，这是后话了。

当时的南宋君主整日沉浸于诗书六艺，不思励精图治，不求进取，只求偏安一隅，这让许多有才华的文人士子们都灰心丧气，无心于仕途。也许那少年也是同样的心思。而他既无心仕途，又在朱家备考三年，恐怕其实醉翁之意不在酒。只可怜了朱淑真，一片痴心，哪里知道她的檀郎到底作何想法。她只知道他有才华，希望他成就鸿鹄之志。而要成就鸿鹄之志，必然要先通过科考考取功名，有了功名，就能摆脱贫寒的出身，他就可以回来娶她过门，两人便能如愿以偿地双宿

第三章 一片冰心在玉壶：
断肠芳草，入骨相思

双飞了。

彼时的朱淑真，毕竟是封建家庭环境中被宠爱呵护长大的千金小姐。宋代对女子有诸多严苛的要求，而她又涉世未深，难免看不透这一切，只希望天公作美，成就她与他一段好姻缘。她博览群书，深通经史，想必也是对史书中那些才子佳人双双对对的佳话所沉迷，因而鼓励心中檀郎一定要锲而不舍刻苦读书，以求这一天能早些到来。而少年可能早就无心于仕途，却也不忍拂了佳人的心意，就这样阴差阳错，对面不识，埋下了悲剧的伏笔。

对于男人来说，有很多事情是比娇妻美人更值得去争取的，娇妻只是成就了人生愿望后的一笔美好的点缀。而女人的可悲之处则在于，她们总是认为，男人对待自己和感情，总该像她们一样看重和珍惜。其实生为男儿身的他们，对情爱本就不会有太深的执念。只可怜她并不理解。这深深的伤怀和遗憾，流转在之后的岁月里，便成了她身后那一卷《断肠词》。

在之后空闺独守的日子里，唯一能让朱淑真舒解愁怀排遣郁闷的方式就是赋诗填词。虽然她伤心难过，对少年又爱又恨，但对生活始终还抱了一丝希望，一丝有一天奇迹能出现的希望。她把这战战兢兢的情怀寄托在诗词中，写出了一首又一首哀怨凄凉的诗词。

欲寄相思满纸愁，鱼沉雁杳又还休。
分明此去无多地，如在天涯无尽头。

——《寄情》

满院落花帘不卷
——从诗词中品读朱淑真的爱恨喜忧

她希望能把对他的思念全部寄托在纸间,却被满腔的愁绪纷扰得不知如何落笔。即便是写成了,那鲤鱼沉在水底,大雁又不知去向,她能依靠什么来寄给他呢?很明显我们相隔得并不遥远,却如同天涯各一方,中间隔了无穷无尽的距离啊。

就这样写出一首首诗词,每一首都各有不同。事情还是那样的事情,伤痛也是那样的伤痛,但写出来的诗、填出来的词,却每一首都包含着不同的情怀。其实写来写去,面对的都是自己而已。

慧极必伤,情深不寿。然情之所至,却无法控制,只怕就是明知前面是火,也要做那扑火的飞蛾,哪怕结果是化成灰烬,也在所不惜。可恨万物都无常,总有凋谢的离散。从盛放的那一天开始,就一天一天、一步一步靠近归期,终于繁华落尽,眼前浮现的,却还都是我们把臂同游的回忆。

第一

纤纤新月挂黄昏,人在幽闺欲断魂。

笺素拆封还又改,酒杯慵举却重温。

灯花占断烧心事,罗袖长供浥泪痕。

益悔风流多不足,须知恩爱是愁根。

第二

檐外秋清绣绮窗,菊烟月露冷浮香。

寒更二十五声点,相应愁情尔许长。

第三章 一片冰心在玉壶：断肠芳草，入骨相思

第三
闲闷闲愁百病生，有情终不似无情。
风流意思镌磨尽，离别肝肠铸写成。

——《秋夜牵情三首》

第一
弹压西风擅众芳，十分秋色为君忙。
一枝淡贮书窗下，人与花心各自香。

第二
移根蟾窟不寻常，枝叶犹垂月露香。
可笑当年陶靖节，东篱殢犹菊花黄。

第三
酷爱清香折一枝，故簪香髻葸思维。
若教水月浮清浅，消得林逋两句诗。

第四
月待圆时花正好，花将残后月还亏。
须知天上人间物，同禀秋清在一时。

——《咏桂四首》

这一时期，也是她的诗作开始日渐丰富的阶段。可见，她把心中所有的忧愁和悲苦，尽数寄托在了诗词之中。

满院落花帘不卷
——从诗词中品读朱淑真的爱恨喜忧

纤纤的新月如同银钩挂在黄昏幽暗的天幕之上，我独自坐在幽深的闺阁里，内心凄苦，仿佛断了魂一样。素笺上，是我写给你的信，我改了又改，拆了又拆，慵懒地喝着杯中的酒，酒冷了我再重新温。窗边的灯盏里，灯芯烧断了，溅出火花，我用衣袖来擦干脸上的泪，衣袖湿了又复干。我如今常常害怕，因为再美好的事物也有不完美之处，无论何等的恩爱，一朝逝去，都化作深深的愁怨。

自他去后，她再也没有笑过，每天白天写诗，晚上沉默望天，等着听更夫的板声。每当数到了五更最后的声响，都会愁肠百转，心事郁结，久久挥之不去。这样终日闲愁郁闷的日子过多了，她的身体也日渐不好起来，心中绝望，身体又不爽，她不禁感叹，相见真如不见，有情何似无情。虽然曾经共度的时光充满快乐，但情深者必无常情，最终的分别是命数中早已注定好了的。那么，若早知此生无缘相濡以沫，那不如从一开始就相忘于江湖。

曾经的朱淑真，才貌双绝，艳压群芳。在遇到了那个少年之后，她用尽了心思与他共度那些时光。如今，一切美好都凋零逝去了，她一个人，万念俱灰看淡一切，独自伫立在书房的小窗，看着外面的百花争妍斗艳，回味着自己内心的凄苦，人和花都无法理解对方的心思啊。而她一向是爱花的，所以在无忧无虑的少女时代，她常常折一枝花来簪在发上，闻着花香便文思泉涌了。如果让她身临书中那"疏影横斜水清浅，暗香浮动月黄昏"的美景之中，此时的她，大概也可以作出像林和靖那样清越的诗作来吧。

第三章 一片冰心在玉壶：
断肠芳草，入骨相思

人生在世，诸事往来皆有定数。到了那个时辰，该来的总是会来，要走的还是得走。所以，虽然今天的夜空里，圆月清辉照耀着大地，花好月圆，一切都那么和美，可是终归也会有月缺花残的那一天。不论是天上还是人间，万事万物的美好，都是有固定期限的啊。

此时此刻的她，经历了刻骨铭心的情殇，似乎变得成熟了一些，看事情也透彻了一些。她在诗中写的"益悔风流多不足，须知恩爱是愁根"、"有情终不似无情"、"须知天上人间物，同禀秋清在一时"，都可以看出她心性的转变。是啊，爱和恨从来都是一体两面的。爱得愈深，恨得愈重。只是这感情的事不是三言两语可以讲清楚的，爱人分离的苦痛也实在不是言语能表述明白的。毕竟，这世间的所有美好都有有效期限。须知这世间不存在真正永恒的事物，没有什么花儿可以常开不败，也没有什么江河永远不会干涸。一念起，万水千山皆有情，一念灭，沧海桑田已无心。

一切有为法，如梦幻泡影。如露亦如电，应作如是观。

第四节 把酒送春，月下西楼

楼外垂杨千万缕。欲系青春，少住春还去。犹自风前飘柳絮，随春且看归何处。

满院落花帘不卷
—— 从诗词中品读朱淑真的爱恨喜忧

> 绿满山川闻杜宇。便做无情，莫也愁人苦。把酒送春春不语，黄昏却下潇潇雨。
>
> ——《蝶恋花》

暮春时节，天气晴好，小楼外，庭院中的杨柳垂下千万条翠绿的枝条，就像千万双手想把即将归去的春天系住。可是，春天仍然只停留了片刻便归去了，只剩下那漫天飞舞的洁白柳絮，跟随着春天的脚步，想要看看春到底要到什么地方去。连这广阔大地上的翠绿山川之中，都偶尔回荡着杜鹃鸟凄苦的啼鸣，更何况是像我这样的愁苦之人，我心中的哀伤又有谁能知晓呢？我也只好举起酒杯来送春归去，结果上天却又潇潇地落起了雨。

这阕《蝶恋花》的开篇，朱淑真吟咏杨柳，实际上是在形容自己的内心有凄苦的凋零感。她把杨柳、飞絮、山川这些无情景物统统都赋予了人的情感，情景交融，抒发了自己内心的苦闷。而她的苦闷除了与心中的少年不得不劳燕分飞之外，大抵就是心思细腻的女子对时光流逝的一种无力和叹息，对时不我待、韶华易逝的一种感慨和焦虑。她在此中运用的各种意象，如杨柳、飞絮、杜宇，表达的都是相思和送别之意。她情爱失意之后，本就终日愁苦，又到了一年的暮春，有一日，她看见闺阁小楼外杨柳缠绵的景致，心中不禁又生出一层惆怅来，害怕这美景终有一天要化为尘泥。但她也知道，这美景是一定会有化为尘泥的一天的，就像她知道她的少年终究要走，她无力挽留一样。

第三章 一片冰心在玉壶：
断肠芳草，入骨相思

曾经经历过相同的凄清心境，朱淑真知道，既然没有什么能逃得过宿命，那么自己应该持有的态度就是怀抱一颗平常心，把酒送春归。她把酒送春，天地感其心意，落下了细雨。这细雨除了指代那一日的天气，其实也指代词人伤心落泪。毕竟万物皆有情，沉默也非无心。

触景即伤情。她常常在西湖畔看见当初的那个自己，娇痴活泼、笑靥如花地依偎在少年的长衫里，依靠着他，一起看外面天空中下着的潇潇细雨。如今雨还是一样的雨，但心境却大不如前了。女子孤清落寞时，看景也不是景，似乎连天地山河自然风物都在与自己作对，原是想着散散心，却走到哪里冷到哪里。

曾经琴瑟和鸣、白头偕老的心愿，到了今天却是这样的触目惊心。

从此无心爱良夜，任他明月下西楼。

第四章
云烟漠漠芳草萋：晓风残月，与何人说

人生若只如初见，何事秋风悲画扇。因为有爱，所以有恨；因为有相聚，所以有离散。因为有相依相偎的曾经，所以也会有两两相忘的后来。

第四章 云烟漠漠芳草萋：
晓风残月，与何人说

第一节 曾把梨花，愁恨依然

斜风细雨作春寒，对尊前，忆前欢。曾把梨花，寂寞泪阑干。芳草断烟南浦路，和别泪，看青山。

昨宵结得梦夤缘。水云间，悄无言。争奈醒来，愁恨又依然。展转衾裯空懊恼，天易见，见伊难。

——《江城子》

历史上的才女大多在情爱上失意，不禁让人感叹红颜多薄命。这也许是因为她们才华横溢不输大才子，有着那样的七窍玲珑心，还有着那般迷人的倾国倾城貌，自然会心高气傲，在婚配之事上，自然没几人能入得了她们的眼。就是因为期待得太多，所以避免不了伤心。

朱淑真就是这样的一个女子。从她不识愁滋味的少女时代的诗作和她第一段刻骨铭心的美好恋情中都可以看出来，她择偶的要求很高，要像梁武帝萧衍和她的吹箫少年那样完美的男

满院落花帘不卷
——从诗词中品读朱淑真的爱恨喜忧

子，才能获得她的芳心。她心比天高，可叹命比纸薄。

少年离开已经数载了，朱淑真还是终日沉浸在大雁失侣一般的哀怨悲苦中。做父母的眼见自己如花似玉的女儿一天更比一天哀伤憔悴下去，自然是着急又心疼。何况当时朱淑真已经快十九岁了，在古代，十九岁的女子早就该出阁嫁人了。可朱淑真自从失去了那个少年，对情爱和男人就再也提不起兴趣，整天放任自己沉浸在过去的痛苦中走不出来，日日独倚病床，暗自神伤。这样下去势必会耽误了女儿的大好青春，会葬送了她的一生。所以朱家父母商议，为今之计，就是要快些为女儿觅得一位如意郎君，待女儿出阁，为人妻子后，也许夫妻间的恩爱缠绵和家庭的温暖柔情能让她放下过往，重新快乐起来。

就这样，朱淑真的父母开始为她准备婚嫁之事。

据考，朱淑真"自号幽栖居士，钱塘人，世居桃村，嫁与市井民为妻，不得志殁"。

这段记载实在是让人质疑其真实性。从她的诗作里就可以知晓，她嫁的绝非是"市井民"。何况，以当时朱家的家世地位，又没有获罪于君上，怎么可能把养在深闺爱如明珠的宝贝女儿嫁给市井小民呢？然而，在朱淑真身后，为她辑录诗集的魏仲恭也在《断肠集序》中附议说：

"早岁不幸，父母失审，不能择伉俪，乃嫁为市井民家妻。一生抑郁不得志，故诗中多有忧愁怨恨之语。每临风对月，触目伤怀，皆寓于诗，以写其胸中不平之气。竟无知音，悒悒抱恨而终。自古佳人多命薄，岂止颜色如花命如叶耶！观其诗，

第四章　云烟漠漠芳草萋：
晓风残月，与何人说

想其人。风韵如此，乃下配一庸夫，固负此生矣；其死也，不能葬骨于地下，如青冢之可吊，并其诗为父母一火焚之，今所传者，百不一存，是重不幸也。呜呼，冤哉！"

可见，他也认为朱淑真是嫁给了市井小民。自此，后人便有了误会，以为朱淑真真的嫁给了一个贩夫走卒卖菜郎之类的人物了。但从她的诗作《春日书怀》中可以看出，她的丈夫绝对不是市井小民，而是个实实在在的朝廷命官。朱淑真婚后与夫君赴任的路上，还写了一首《江上阻风》，其中有这样的诗句："拨闷喜陪尊有酒，供厨不虑食无钱。"由此更可看出，她的夫君不仅是为官之人，而且他们夫妻每日都有美酒佳肴可以饮食，可见朱淑真的夫君家境不错，而且出手阔绰，不然也不会被她的父母选中。除此之外，朱淑真还有许多诗作，都可以证明她嫁的绝非贫苦之家：

从宦东西不自由，亲帏千里泪长流。
已无鸿雁传家信，更被杜鹃追客愁。
日暖鸟歌空美景，花光柳影漫盈眸。
高楼惆怅凭栏久，心逐白云南向浮。

——《春日书怀》

梦回酒醒嚼盂冰，侍女贪眠唤不膺。
瘦痟江梅知我意，隔窗和月漫腾腾。

——《酒醒》

满院落花帘不卷
——从诗词中品读朱淑真的爱恨喜忧

所以，如果朱淑真真的嫁给市井小民为妻，又如何会写出这样的诗句来呢？其实，大抵是因为失去了心中檀郎的她对自己的婚姻感情之事已然心如死灰，又是身处于宋代那样封建的时代，她对这段"父母之命，媒妁之言"的婚事，无心抵抗，也无力抵抗。就这样不得已地嫁给了另外的男人。在出嫁前夕，她写下了那一阕《江城子》。

这一天，朱淑真独对空樽，愁眉不展，感受着阵阵斜风细雨所带来的春寒。这样的天气，让她再度想起了当初西子湖边那场黄梅细雨，再度勾起了她对往事的伤怀和苦苦追忆。她忍不住又反复回忆自己当初"娇痴不怕人猜，随群暂遣愁怀"的小女儿情态，那真是无比幸福甜蜜的一刻啊，让她如今回忆起来，心头还是像有暖流流过。可是如今，那些美好回忆都弃她而去了，她马上就要嫁给别人成为别家的新妇。此时此刻，她寂寞愁苦，只有手把一枝梨花，独自倚着栏杆，任凭辛酸的泪水流过秀美的面颊，为自己雨打梨花般的寂寞悲情而感到伤怀。

犹记得当时分别的情景，云烟漠漠，芳草萋萋，她悲伤地看着他的身影消失在远方。那一刻，她柔肠寸断，泪眼模糊，无语凝噎，只能默默望着青山，无处诉说心头的苦楚。在昨夜的梦中，在缱绻的水云之间，她曾经见到了回来寻她的少年。那个时刻，她看着他，欢喜激动得一句话都说不出来。可是梦终究是虚幻的，一觉醒来，心头更添悲凉，回忆梦中的欢会，面对眼前的孤衾冷枕，更是倍感凄苦。此心此情，纵使她生气懊恼、忧愁哀叹都无济于事，抽刀断水水更流，举杯消愁愁更

第四章 云烟漠漠芳草萋：晓风残月，与何人说

愁。所以，她只有发出一声无奈的感叹："青天是那么容易就能日日见到，而想要见到心中良人，怎么就这般困难？"

就这样，朱淑真嫁人了，成为别家的新妇。可自从她失去了少年之后，已经再没有心思每天装扮自己了。她每天沉浸在哀愁和刻骨的思念中茶饭不思，夜不能寐，形销骨立，衣带渐宽。情思令她魂牵梦萦，但如今她已不是自由的闺阁少女，所以她的这些心事，没有任何宣泄的出口，只能默默地埋在心里，成为一个永远的秘密。

满院落花帘不卷
——从诗词中品读朱淑真的爱恨喜忧

第二节 一路圈儿,一阕相思

相思欲寄无从寄,画个圈儿替。

话在圈儿外,心在圈儿里。

单圈儿是我,双圈儿是你。

你心中有我,我心中有你。

月缺了会圆,月圆了会缺。

整圆儿是团圆,半圈儿是别离。

我密密加圈,你须密密知我意。

还有数不尽的相思情,我一路圈儿圈到底。

——《圈儿词》

初嫁的朱淑真不仅是世间少有的大才女,更是倾国倾城的美人,虽然因为苦苦执着于逝去的爱情而容颜消瘦,但仍然影响不了她那从骨子里散发出来的柔弱和娇美。她的夫家自然是非常满意的,尽力备办了一切,把朱淑真明媒正娶过府为妻。

第四章　云烟漠漠芳草萋：
晓风残月，与何人说

这个时候朱淑真十九岁。她的夫君最开始是个商人，后来大抵是为了门当户对，要配得上自己这位才名冠绝的夫人，他在朱家人的劝说下到礼部去参加了科举考试，没想到居然一次就考过了。虽然后来想来，此人极有可能是拿银子上下通了手段，但人家也好歹有了进士科的身份。朱淑真的父母喜不自胜，认为自己心爱的女儿没有屈就，总算嫁给了一位她热切期盼的有才华之人。而夫婿考取了进士出身，也让朱淑真颇感意外，不禁对夫君青眼相加。她已经为当初深爱的少年沉沦了数年，多少也是希望上天垂怜，让她能走出这困境，重新开始新的生活。这段时间，朱淑真以为自己现在的夫君也许是一个能与自己志同道合之人，所以两人新婚宴尔这一阶段，还是颇为恩爱甜美的。这首饱含意趣的《圈儿词》便是例证。

这首《圈儿词》的作者历来存在争议，究竟是否为朱淑真已很难考证。然而我们宁愿相信此时的朱淑真还有这样的幽默风趣。

朱淑真十九岁完婚之后的第二年，便随着夫君宦游于吴越荆楚之间。

但朱淑真身体纤弱，不堪常年过这种四处颠沛流离的生活，所以后来无奈回家小住，在海宁待过一段时间。而那个时候，她和夫君还没有度过新婚的热情，对对方的了解也没有很深刻，朱淑真还生活在对夫君的想象之中。因此那段暂别让朱淑真十分想念夫君，于是有一日她心血来潮，写了这样一首圈儿词夹在一本书里，寄给远方的丈夫。

丈夫收到了书信，拆开一看，根本就是一张白纸上画满了

满院落花帘不卷
——从诗词中品读朱淑真的爱恨喜忧

圈圈点点，完全没有任何字迹。他不知道夫人写这种奇怪的信是想告诉自己什么，于是拿起一起寄来的那本书慢慢翻看，但书就是一本普通的书，别无深意。但他想一定能在其中找到答案，于是耐下性子来回翻阅，翻着翻着，果然看出了问题。

原来心有七窍的朱淑真在书脊的夹缝之间很隐秘地填上了那首《圈儿词》。她这样做，大抵有两个原因：第一是想试试夫君的才情；第二是想问问夫君对自己的心意，看夫君是否解得开她的一颗七窍玲珑心。

如此，她的丈夫意外地发现了夫人寄来的这本书书脊夹缝里的字迹，那字迹极为清爽干净，根本就是夫人擅长的那一手簪花小楷，上书一阕相思之词。丈夫从头到尾读下来，不禁哑然失笑。

他读懂了淑真心中的相思之情，心潮起伏，也开始思念自己新婚宴尔的美丽娇妻，于是第二天一早便雇船回到海宁故里，与淑真团聚。

这首圈儿词，其实纯粹就是朱淑真玩的一种文字游戏，根本不像是一首对字句韵脚要求严格的词作。但也正是她这种调皮的才情，让她的夫君为之魂牵梦萦，第二天就匆匆赶回家看望娇妻。

被刻骨的爱情深深伤过的女子，想在以后的生活中看到希望的唯一方式就是去珍惜眼前人。爱是经不起试探的，毕竟在这滚滚红尘中倾心相爱，不如在生活中惺惺相惜。所以想必朱淑真嫁人后，也曾经愿意将心中浓郁的感情全部倾注给现在的丈夫吧。她如今的丈夫虽然在才情上不及淑真，但至少他在刚

第四章 云烟漠漠芳草萋：晓风残月，与何人说

刚娶了她时，也曾经对她百般宠爱极尽体贴，也还算是个称职的夫君。所以淑真就暂且埋藏了过往，想好好和丈夫一起生活下去了。毕竟人生就是这样让人无从琢磨，流年虚度是一种太张狂的浪费。

一首深情款款的《圈儿词》寄托了朱淑真对生活全新的希望，这种妙趣横生的文字游戏也只有像朱淑真这样的大才女可以玩儿得起来。此时此刻，朱淑真以为，自己现在的丈夫应该也是一个有才华的、能让她"分付萧郎万首诗"的理想情郎。她以为，自己对夫君的两关考验，夫君都已经通过了。因为他既解出了她此中圈圈点点的意思，又懂得了她为他相思的情意，并且马上赶回来与她团聚。因此，她的心头不禁重新浮上了希望，她相信自己的才情还是可以赢得美满的爱情的，只要她乐于去做，她还可以为自己赢得更多的东西。

其实她也不愿意此后的余生都沉沦在过去的感情中，她也想生活中能早日出现一个新欢，让她转移注意力，开始全新的生活。也只有丈夫不在身边，夜深人静万籁俱寂的时候，朱淑真才会再次不由自主地想起过去那段记忆，每每想起来的时候，她的心还是会隐隐作痛。每个人，在人生的渡口，都会经历许多措手不及的离别。情感的世界永远迷幻重重，有的人能够勇往直前，走向正确的方向，但更多的人还是会在人生的岔路口迷失了方向。那可以等到流年暗换容颜时依旧不会改变的感情的人，毕竟少之又少，大多数曾经执手相看的人，待到缘分尽了，还是要相悖而行，从此互不知晓。

是的，何须辜负美好春光、虚度花样年华呢？不论会发生

满院落花帘不卷
——从诗词中品读朱淑真的爱恨喜忧

什么,自己对命运的安排,总是还要先浅尝一下吧。生命依然美丽,刻骨铭心的痛楚之后的温暖才倍显珍贵。

第三节 吟咏唱和,终不可得

独倚阑干昼日长,纷纷蜂蝶斗轻狂。一天飞絮东风恶,满路桃花春水香。

当此际,意偏长。萋萋芳草傍池塘。千钟尚欲偕春醉,幸有荼蘼与海棠。

——《鹧鸪天》

初嫁的朱淑真对生活又燃起了新的希望。她再次独自凭栏,看着白昼一天天变长,看那放浪形骸的蜂飞蝶舞互斗轻狂。虽然东风在烂漫美好的春日吹得花香弥散柳絮乱飞,但是还好有萋萋芳草可以依傍池塘,还好有荼蘼与海棠陪她共饮千杯佳酿,共同沉醉春光。

然而,这个世间,仿佛有一条鬼祟的定律,那就是不该把任何人或事想得过于美好,只有时常怀抱一颗平常心,才能在这滚滚红尘中不惊不怖不畏地生存下去。你赋予了什么人或事过高的期望,而当他们达不到你的期望时,你就会倍感痛苦,

第四章 云烟漠漠芳草萋：晓风残月，与何人说

难以排解。所以，最好爱而不沉溺，离而不伤心。真正的大智慧，是可以把一切都拿捏得恰到好处的。

初嫁的朱淑真，一度以为自己的夫君也是个值得她托付之人。她携了满心的欢喜，想象着刚刚开始的新生活。

在她写了那首妙趣横生的《圈儿词》换回丈夫回家与自己团聚，品尝了夫妻之间"小别胜新婚"的美妙趣味后，她便又开始跟着丈夫辗转奔波，在吴越荆楚之地来往赴任。从此她的大部分时光都在路上度过，自己从小生长的故土是再也难以回去了。原来朱淑真骨子里也是个恋家的人。虽然她未出嫁前只能整日待在深阁高院的闺房里，但至少有父母疼惜，有诗书为伴，闲暇之时还能在水阁贪玩，去西湖漫步。曾经那吹箫少年还在的时候，她与他吟诗作对，吹箫弹琴，多么有情趣啊！就算他走了，自己也还是可以和家中女眷们一起玩耍、娱乐。何况朱家的人，大都是诗文翰墨浸泡出来的，不仅父亲、母亲深通文艺，连身边陪侍的侍女、丫鬟们偶尔也能吟出几句齐整的韵脚。因此即使她在受了情爱的打击后过度地多愁善感，但毕竟是朱家养尊处优的大小姐，生活还是颇为安闲自在的。

可如今嫁作人妇了，要成年累月地陪同夫君外出赴任，这对于身子纤弱的淑真而言，无异于一件大大的苦差事。而且古代没有今时这般发达的交通条件，生长生活在江南之地的淑真，每次陪同夫君宦游出行，总是至少要坐上十几天的船，在江里湖里游来荡去，却没有一个人可以和她吟首诗、对句词以消解烦闷。

满院落花帘不卷
——从诗词中品读朱淑真的爱恨喜忧

每日面对悠悠江水，看着两岸青翠的树木和盛开的鲜花，看着跳来跳去的小动物和独自吟唱的鸟儿，面对这么多的美好景色，居然没有一个人能与她对诗。不仅如此，夫君还很不理解，为什么夫人不爱装扮不爱女红，却只喜欢整日吟诗填词呢？朱淑真也曾邀请丈夫和自己共同唱和，结果丈夫根本全无诗兴。一来二去，她终于明白了，自己的夫君虽然取得了进士出身，但并不如自己这般爱好诗词文赋。而今终日对着她这位旷古罕有的大才女，他更是才思枯竭，无言与她相和。朱淑真的心中顿时充满了不甘和惆怅，此时此刻她又想起了吹箫少年，假如此刻陪在她身边的是那个少年的话，他们肯定已经对出千百首佳作了。

本来还没觉得有什么，经过这样的对比，朱淑真才发现，自己现在的夫君和原来的少年比起来，根本就是天壤之别，难以相提并论。

但古代的女子，嫁鸡随鸡，嫁狗随狗，没有随便选择的权利。虽然她是才女，但才女也是女人，既然是女人，就注定了要被束缚于婚姻枷锁中，不能幸免。朱淑真终于知道，自己的希望要再度破灭了。

此刻的她真的是喜忧参半。喜的是身边到处都是美景，到处都是涌动的灵感，悲的是身处这样灵秀的山光水色之中，身边竟然没有一个人能与她吟诗唱和，而她又是那么热爱文字的一个女子。她觉得孤独极了、乏味极了，心中不禁生起没有尽头的惆怅和惋惜。于是，她作出了三首《舟行即事》：

第四章　云烟漠漠芳草萋：晓风残月，与何人说

其一
帆高风顺疾如飞，天阔波平远又低。
山色水光随地改，共谁裁剪入新诗。

其二
扁舟欲发意何如？回望乡关万里余。
谁识此情断肠处，白云遥处有亲庐。

其三
画舸寒江江上亭，行舟来去泛纵横。
无端添起思乡意，一字天边归雁声。

船上升起高高的帆，依着顺风疾驰如飞，苍穹是那样辽阔，极目远望，低低的湖面平整得如同一匹光亮的丝缎。随着船在水上行驶，所到之处都有美丽的景致，可是又有什么人能和我一起吟咏唱和，共赋佳句呢？

小船马上就要出发了，真是让人无可奈何啊！回首望去，离开家乡已经万里有余。这种思念故土的忧愁心情有谁能够体会？要知道，苍茫云海的那一端就是我的父母亲人和我的家园所在啊！

华美的画船行驶在寒江上，我在江心亭上远望来来往往的舟船纵横穿行。我心中却没来由地生起了思念故乡的念头，抬头看见天上的大雁，已经排成了一字的队形，正在飞回故乡。

所以，朱淑真面对江上美景，却只能感叹无人与之共裁新

满院落花帘不卷
——从诗词中品读朱淑真的爱恨喜忧

诗。可见,她实在是太热爱诗词文赋了。她的婚姻不能自主,匆匆嫁作他人妇,对梦中的檀郎自然是不能再有指望了,甚至他已怀抱了别的温香软玉也未可知。那么,君已有妇,妾亦有夫,红尘滚滚,人海茫茫,想再叙旧情恐怕是没有机会了,就把这一切都寄托在诗词之中吧。可是,又有谁能与我共赋新诗呢?

其实细细想来,后世评论朱淑真的丈夫粗俗鄙陋,大抵就是因为如此。朱淑真身为绝世大才女,眼光极高,孤傲卓绝。若想讨得她的欢心,绝非区区的一个进士出身就可以做到的。一个没有文采,不会赋诗填词的男子,纵使他貌比潘安,也无法获得她的认可,自然也得不到她的爱情。哪怕像李清照和丈夫赵明诚那样,只能相互唱和相互欣赏一两年也是好的。而现在身边的夫君,根本没这个才华,更没有这个心思。刚刚成婚的那段热切时期,他还能做到对她理解和呵护包容,而如今两人相处日久,对于夫人这样整天披着斗篷伫立江头吟诗赏景的行为,丈夫非常不理解,心情烦躁的时候,更会出言训斥,嫌她整日抛头露面,不避其他的男客,简直就是不守妇道。

这个时候朱淑真才知道,自己是又一次所托非人。这一次她寄托在丈夫身上的热切期望,再一次被一盆凉水兜头浇下,她彻底地凉了心,欲哭无泪,甚至后悔当初为什么不敢像巴蜀才女卓文君那样敢于漠视封建礼教,在少年进京的时候,索性直接上演一场私奔戏码。幸运的话,或许也能像卓文君和司马相如一样,给后世留下一段佳话呢。可如今想什么都已经晚了,身边这个男子根本就是一个活脱脱的鄙夫,她满腔的热血和才情,对他而言只是对牛弹琴。大好年华本来就流逝得迅速,如

第四章　云烟漠漠芳草萋：
晓风残月，与何人说

今还要整日跟他在船上这般虚度韶华。世上还有比这更令人伤感的事情吗？

从此她只能每日感叹无处觅知音。和夫君相处的时日越久，她对他越是难以忍受。她嫁给他，离开父母和家园，每日陪着他在江上湖上游来荡去如此辛苦，他对她不仅没有该有的体贴关怀，反而一再地训斥她喜欢抛头露面，说她不似常人家女儿温婉贤淑爱好针织女红，只会终日在这里咬文嚼字作什么诗填什么词。朱淑真真是沮丧万分，几乎绝望。这世上怎么会有如此不解风情的男人啊？上天为什么把我们这两种完全没有相同点的人捏合到一处啊？她感觉到，自己和夫君之间的距离根本不能用"沟"来形容，简直就是隔着一条长江，根本触不到尽头。夫妻二人整日同床异梦，自己身边又苦无知音，连寄托感情的诗文，这种文人之中如此风雅的东西都被视为异端，这种生活，让朱淑真感到痛苦万分。所以，她写了两首《自责》来为自己解嘲：

其一

女子弄文诚可罪，那堪咏月更吟风。

磨穿铁砚成何事，绣折金针却有功。

其二

闷无消遣只看诗，又见诗中话别离。

添得情怀转萧索，始知怜俐不如痴。

满院落花帘不卷
—— 从诗词中品读朱淑真的爱恨喜忧

这首诗的含义十分容易理解。朱淑真表面上是在忏悔自责，实际上流露出的是一种深深的怅惘和自嘲的意味，在为自己的才能和性格中的悖逆控诉。古代女子的本分只有服侍好丈夫和翁姑，做好家务，为夫家延续香火，但自己却整日读书作文，整日写那些"有伤风化"的诗词，反而不愿精习女子应该掌握的女红针织。从作者作诗的语气和修辞手法可以看出，她心中充满了无可奈何和自我解嘲的酸楚，此诗虽名为自责，却蕴含着深深的不满和愤怨，表达了作者心中强烈的反叛冲动，也对自己的命运发出了无奈的叹息。

人世间最大的寂寞，不是形单影只，独往独来，也不是身处人潮，举目无亲，而是琴瑟共鸣，却没有相和之曲。即使容颜再美，春意再浓，可身边却没有那个懂得欣赏她的人，纵有良辰美景，晓风残月，更与何人说？诗情酒意与谁共？谁来为她拭去脸庞滑落的相思泪？谁来为她拾起奔跑时不慎掉落的翡翠花钿？又有谁来夸赞她今天穿的金缕衣华贵又好看？关山遥遥，她梦中的他还在吗？

朱淑真长期身处孤独寂寞的境地，百无聊赖，她别无消遣之法，只能看诗作诗，可是诗也没有帮助她摆脱她忧愁的心境。"又见诗中话别离"，离愁别绪在诗词作品中本是最常见的，但到了朱淑真的眼里却全成了哀伤的原因，可见她的性格是格外多情而敏感的。"才女"本来是对有才华的女性的一种极高的褒奖溢美之词，可在朱淑真的年代，这却被视为一种异端，反而令人的心灵备受煎熬。朱淑真就终身过着这样的生活，在才情与妇德之间陷入两难，她唯一能做的就只有叹息了。

第四章　云烟漠漠芳草萋：
　　　　晓风残月，与何人说

　　不论经历了什么，朱淑真始终是一代才女，在她嫁人后，她已经认命了，对心里藏着的那可望而不可即的人已经努力地去放下了。她对伴侣的要求，已经逐渐倾向情感方面的慰藉了。她曾经想过，要和丈夫好好地过日子，只希望丈夫是一个能懂得自己的感情，可以和自己互为知音的人。可是如今她彻底明白了，丈夫是不可能为她改变的，他也做不到。即使他有了进士出身，还是才疏学浅、孤陋寡闻，不懂诗词中的风月情长，夫妻之间也根本没有共同语言，更谈不上懂她、理解她了。要与这样的人共同生活一生，真是一件难过的事情。

　　从此，他们之间再也没有了故事。在朱淑真的夫君看来，娶来的妻子，是要现在养在深闺，日后葬在身旁的，她应该挽起袖子为他洗衣缝补，为他烧饭做羹汤。而他应该把她像那珠宝匣子里面的环佩东珠一样安藏一隅，封锁在光阴中作为传家宝，而不是拿出来炫耀的。即使她学习了妇道的德言容功，也是为了更好地相夫教子。若生了那无用的心，移换了性情，可就是犯了大忌。无论如何，她的读书泼墨和酒香茶香，都不能随着暮春的柳絮飞到他的高墙之外去，不然若是不慎落到了别的男子的酒席间和谈笑中，就是彻底失了家风的尊贵和颜面。

　　但朱淑真偏偏不是这样的传家宝，她要求得太多了。她有着锦心绣口，有着八斗之才，但却不曾出入厨房烟火，她的纤纤十指也捉不住那细小的绣花针。她希望她是自由的，妇道也好，礼教也罢，都无法成为约束她的规则。

　　与其把她朱淑真改成别人，她宁可把自己烧了毁了，化为

满院落花帘不卷
——从诗词中品读朱淑真的爱恨喜忧

一堆灰烬,也不愿迎合他人,更何况是个在她眼中如此鄙俗的商人。

她就是这样真性情的女子,连出去买包盐的工夫都期待邂逅爱情。可惜的是,终不可得。

第五章
凄风苦雨诉幽怨：花枝意红，不知人瘦

独倚栏杆，夜深花寒，漫漫长夜，瘦骨清风。真正的爱情，是胜得过时间，抵得住流年，经得起离别，也受得住想念的。

第五章 凄风苦雨诉幽怨：花枝意红，不知人瘦

第一节 萧瑟秋风，衾孤枕冷

山亭水榭秋方半，凤帏寂寞无人伴。愁闷一番新，双蛾只旧颦。

起来临绣户，时有疏萤度。多谢月相怜，今宵不忍圆。

——《菩萨蛮·秋》

女人似乎生来就是为了情爱，她们的幸福是因为情，痛苦是因为情，若落得孤清寂寞无人问，肯定也是因为情。她们的喜怒哀乐、沉浮荣辱总是离不开这个"情"字。朱淑真也不例外。她自幼饱读诗书，对那书中双双对对的才子佳人，早就生了羡慕心，所以那举案齐眉、红袖添香的风月情浓，在朱淑真尚为少女的时候，就已经化作了一股精魂，氤氲进了她的骨血里。早先她性格活泼，对自己的未来抱着太多美好的希望，可命运却偏偏要让她失望，让她在女子最美的年华里遇到了这个他，最后却盖上红盖头嫁给了那个他。日子过成了熟的，她才

满院落花帘不卷
——从诗词中品读朱淑真的爱恨喜忧

发现,原来她嫁的他是这样与自己志趣不相投,根本就是两个世界的人。从此,她成了花园中一朵孤独的花,纵使春天归来,百花争艳,也提不起她的兴趣。她就这样无精打采地开着,沦落到最后,余下的只有无人问津的孤独。

她身体柔弱,禁不起长年累月的奔波,于是丈夫送她回了家。当时正是初秋,但她终日把自己闷在房帏之中,无心去注意季节的更替变化。直到有一天她听到后院山亭水榭中传来的萧瑟秋风,她才发觉原来已经入秋了。她起身来到床边察看,一道萧瑟的秋风拂过她弱不禁风的身体,让她不禁瑟瑟地往后退缩了几步,却不小心撞上了床边的凤帏。丈夫常年离家,她终日孤衾冷枕,日子久了,她对孤独这回事儿已经不在意了。但还是蹙了蹙眉,心头添上几许淡淡的哀愁。半夜时分,肃杀的秋风拂过房间的雕花小窗,窗纸被吹得窸窣作响,她起身走上前来察看,只见萤火虫星星点点地在窗外花坛旁边飞舞,倏忽而过。她不知道丈夫什么时候才能回来看她,内心愁肠百转。幸运的是头顶上还有那一轮新月怜惜她,不忍独自圆。

朱淑真写了太多的诗词来感叹爱情的不如意,换一个角度去想,也许就只有这样,才能把她锻造成一位亘古孤绝的才女吧。陷入了爱情的女人,在琐碎的生活中,总是万事以夫君为上的。对于朱淑真这样的旷世才女,也许只有在感情上彻底地死了心,才能激发出冲天的才情吧。这绝望的婚姻和不解风情的男人把以爱情为信仰的朱淑真逼入了绝境,于是她在绝境中悲凉却突兀地蜕变了。少女时代张扬活泼的她,变成如今这个表面上云淡风轻,善于隐忍,行事果决的女人。她傲视那个时

第五章 凄风苦雨诉幽怨：花枝意红，不知人瘦

代，傲视封建伦理，甚至傲视自己的生命，不受人世间来往风尘的迎拒。爱情给她带来的荒凉，一直延续生长到她生命终止的那一天。

她和她的丈夫虽然处在夫妻这种最亲近的关系里，但毕竟还是无法心灵相通。他只管自顾自做他的官，她只管自顾自言她的心事，这样的关系，注定了只有逢场作戏，全无一丝可以志趣相投的可能。昔日她随他四处奔波，每日流离江湖之上，并没有别的要求，只求他对她能有如当日新婚时的呵护恩爱，给她一丝丝温情，陪她共赏文字中的别样风景。但他除了呵斥她过度抛头露面，再没有其他的表示。所以她的心慢慢地就冷却了，她终于懂了，有的人，即使彼此之间曾经有过交集，到最终也注定要背道而驰，越走越远。

而男人和女人从远古开始，就各自泾渭分明。男儿可以仗剑游四方，诗酒走天下，穷则独善其身，达则兼济家国；颓唐了有红楼酒肆可供排遣，难过了有名山大川可供游历，不得志时可以喝酒赋诗弹琴做文章，发达了可以修身齐家治国平天下。他们的一生不论要怎样走过，都不至于荒废。而女子就大不同了，属于女子的路就只有一条，那就是寻得一个好男人作为终身的依靠，从此依傍着他，为他洗衣做饭，为他添酒热茶，费尽了心思，到底却只为那个悦己者而活。

心渐凉，爱成灰。朱淑真悲不自胜，却无处诉说。虽然这一次婚姻她只是一个服从者，但她还是全身心地去投入了，所以结果更加让人伤心绝望。她的心一日比一日更凉，只能把她万千的幽怨，尽数寄托在一首首凄风苦雨般的诗词之中。

满院落花帘不卷
——从诗词中品读朱淑真的爱恨喜忧

她独自度着萧瑟的秋,把心血和悲愁写进了她的秋诗之中。

一痕雨过湿秋光,纨扇初抛自有凉。
雾影乍随山影薄,蛩声偏接漏声长。

——《早秋》

她说,自己就像一把不合时宜的在秋天里被人家拿在手中的纨扇,虽然夏天的时候扇子可以用来扇风取凉,但到了秋天,它就是个多余的物件,抛弃了扇子,也自有凉风。惨淡的雾依着山影变得轻薄,孤独的夜里,更漏声声未止,蟋蟀却也跟着叫起来,让听到的人倍感凄凉。

一夜凉风动扇愁,背时容易入新秋。
桃花脸上汪汪泪,忍到更深枕上流。

——《新秋》

她叹息自己面对秋日萧瑟的悲凉,独自伤感流泪。肃杀的风一夜之间便来了,自己已被丈夫厌弃,百般呵斥,心中委屈难当。虽然几个月来一直强忍着,但在夜深人静的时候,还是掩不住内心的悲怆,让泪水浸湿了枕头。

她写秋的诗作颇多,不胜枚举。秋天给我们的印象大抵是凄冷和肃杀之意,所谓一切景语皆情语,也许她热衷于写秋日的诗,只是为了抒发内心的凄苦吧。因为她的内心凄苦,所以万事万物,在她看来,都是凄苦的。如这首《闷怀》:

第五章 凄风苦雨诉幽怨：
花枝意红，不知人瘦

> 黄昏院落雨潇潇，独对孤灯恨气高。
> 针线懒拈肠自断，梧桐叶叶剪风刀。

她写秋日里的梧桐，这是从骨子里透出来的寂寞和孤清。是不适的婚姻，让她"独对孤灯恨气高"。古语有云，一日夫妻百日恩。但对于朱淑真来说，这几年的婚姻，却全无一丝恩情。只见一片片宽大的梧桐树叶，满载着此人心里的忧愁和哀伤，从枝头脱离，却落在了人心上。风景如此，心情何堪！

此外，朱淑真还写有一首《秋夜有感》：

> 哭损双眸断尽肠，怕黄昏后到昏黄。
> 更堪细雨新秋夜，一点残灯伴夜长。

诗的字里行间有一种撕心裂肺的痛。想着她写这首诗时的心境，人们不由得为之心疼。她心中的希望被撕成碎片漫天飞舞，她为此哭伤了一双美丽的明眸，柔肠寸断。终日独处的她是那么害怕黄昏，害怕天色暗下来，可黄昏依然如期而至。如今已经是秋天了，外面又下着潇潇冷雨，自己的房间里空无一人，连个侍女都没有，只有一点残灯伴随着自己从入夜挨到天明。

朱淑真的诗词，大都是写给自己看的。因为没有人能知晓她，连夫君也不能。她的精神追求独特，与当时封建时代的背景背道而驰，她对自己的爱情期许太高，而生活给予她的反差

满院落花帘不卷
——从诗词中品读朱淑真的爱恨喜忧

又太大。这已经注定了她的人生只能是一场悲剧。而在自己和夫君志趣相悖的包办婚姻里,朱淑真只能将内心所有的一切都寄托在诗词当中,自然就表现出一种无法把握自身命运的悲凉况味。在这一点上,她和日后并称为"词坛双璧"的李清照是不同的。虽然李清照的生命历程与朱淑真有颇多的相似,但李清照能在自己的生活中适时适当地做出调整,能将精神追求寄托于金石典籍,甚至还有男性词人知己与之相互唱和,可以说清照虽为女儿,却生有一种士大夫的气质。而朱淑真就不同了。她是一个实实在在的女儿,她所流露的是一名女子真实的生活感受和心境态度,她一生所写的诗词包含了女性生命和生活中的全部情感。这是她的珍贵之处,同样也是她的可悲之处。

第二节 瘦骨清风,同床异梦

如毛细雨霭遥空,偏与花枝著意红。
人自多愁春自好,无应不语闷应同。
吟笺谩有千篇苦,心事全无一点通。
窗外数声新百舌,唤回杨柳正眠中。

——《寄恨》

第五章　凄风苦雨诉幽怨：
花枝意红，不知人瘦

两种人，本不属于一类，心思不能共通，言语无法相和，却要勉强地生活在一起，朝朝暮暮在眼前。这何尝不是一件苦事？

新婚宴尔的时节，朱淑真曾经认为夫君是可依赖可托付的人，他甚至解开了自己花心思寄给他的《圈儿词》。可是日子久了，朱淑真才清醒过来，发现那是自己的误判。他，与自己想象中的夫君，完全背道而驰。

她刚嫁给他的时候，他只是怜惜她的才华和美貌，因为初为新妇的她，时而天真活泼，时而调皮可爱，时而又才华横溢。这百变的性子，让那个头脑简单的商人既不知所措，又感到新鲜。他知道她有才华，知道她饱读诗书冰雪聪明。但他骨子里是个传统的男人，他认为娶了她回家，她就该尽好相夫教子、服侍翁姑的女子本分，即便是官宦之家也是如此。如若喜欢诗书文艺，偶尔吟诗填词也无伤大雅。可相处下来，他越发觉得，自己娶的这位夫人心气极高，自己根本驾驭不了。更让他生气的是，因为他不能与她琴瑟和鸣，她似乎有些轻视他。

而朱淑真却不以为然。从家境上说，她这些年怎么也是生活在深宅大院里，朱家的千金大小姐，平时都是丫鬟们服侍她的，她哪里服侍过别人？而且她要嫁的，本来就是一个与自己志趣相投的人啊。而今发现夫君如此不通她的心意，她如何能不失望不落寞？

而这位夫君的本性想来也是极为风流的。不过他既然娶了朱家的大小姐，父母告诉他，朱大小姐是个才貌双绝的女子，娶了这样的女子做夫人，是他的幸事，所以结婚后，他自然要

满院落花帘不卷
—— 从诗词中品读朱淑真的爱恨喜忧

收敛。但新婚热恋期一过,他就觉得不对劲了。这女子根本没有父母说得那么好。因为他没有她的才情,无法与她作诗填词,她居然对他那么冷淡。在他看来,她吟风弄月,触景生情,根本就是在故弄玄虚,全无可取之处。女人不是为悦己者容的吗?朱淑真却从来不玩这套,她从来都不屑于显示风姿给他看,却是终日愁眉紧锁,在那里吟诗唱词。他有时也会拿起她的诗词看看,却发现含沙射影的都是埋怨和讥讽他的意思,比如上面那一首《寄恨》。

丈夫很生气,夫人居然在诗中说他和她心意完全不相通,说他跟她根本不是一路人。虽然他不是很有才学,但也不至于文字不通。她是自己的妻子,怎么能如此讽刺自己呢?所以他十分恼怒,把夫人写诗的镜花小笺重重地拍在桌子上,头也不回地出去了。而且朱淑真和他做了几年的夫妻,却全无所出,夫家亲戚和老人都颇有微词。古代人认为"不孝有三,无后为大"。可也许是朱淑真身体纤弱的原因,她就是无法为他诞育孩儿,这一点也让她的夫君不知如何是好。他觉得,夫人无后,又不贤德,居然写诗讽刺他,从此便对朱淑真彻底失了兴趣。所谓江山易改,本性难移,他慢慢地又原形毕露,每日完成公干之后,便流连于烟花柳巷之地,寻欢作乐,而妻子朱淑真就这样被彻底冷落下来。

朱淑真人寂寞,心悲凉。自从夫妻关系彻底坏死后,她极度失望,哀怨之情溢于言表,于是她愤愤地写了一首《圆子》来嘲讽夫君:

第五章　凄风苦雨诉幽怨：
花枝意红，不知人瘦

轻圆绝胜鸡头肉，滑腻偏宜蟹眼汤。

纵可风流无处说，已输汤饼试何郎。

笔者第一次读到这首诗的时候，实在是有点忍俊不禁。想着这朱淑真还真是天不怕地不怕，在那个夫为妻纲，丈夫就是天的封建时代，她居然敢这样写诗讽刺丈夫，说丈夫就像鸡头肉（即芡实），而自己则是大众皆爱、老少皆宜光滑美味的圆子。不过平心而论，这位夫君也确实是才疏学浅孤陋寡闻，当他看到这首诗的时候，完全没看出来夫人的不满，反而把注意力盯在了第四句的"何郎"，他竟然以为"何郎"就是妻子心里的情郎，而再一次对妻子大发雷霆。

真是让人哭笑不得。朱淑真当时也肯定是这般哭笑不得的吧。她当然不是有了什么情郎。她写这首诗本是为了哀叹自己空有一身才华与七窍玲珑的心肠，却苦于找不到倾诉的知音。因为自己的丈夫本身就不是"何郎"啊，自己又何必曾经写了情意绵绵的《圈儿词》去试探他呢？

而这诗中的何郎，实际上是一则历史典故，指代的是三国时期魏文帝曹丕的女婿何晏。史传，何晏天生俊美，皮肤白皙胜雪，就好像涂脂抹粉了一样。一次，公主带着何郎一起入宫朝觐，魏文帝看见女婿肤色如此白皙，感到惊讶，心想一定是他涂粉了才这么白的，于是想出了一计来证明自己的猜测。

魏文帝选了一个太阳高悬的炎夏之日，召见何晏，请他吃热汤面和热汤饼。当何晏热天吃热饭，吃得全身上下大汗淋漓的时候，魏文帝便假作关心，故意上前亲自为何晏拭汗。然而

满院落花帘不卷
—— 从诗词中品读朱淑真的爱恨喜忧

拭汗之后,他发现女婿的皮肤仍然是白皙胜雪,这才相信了何晏确实是天生俊美,而不是涂了粉。

这样一个典故,却被丈夫看成自己在外有了情郎。朱淑真啼笑皆非之余,对丈夫彻底地失望了。她觉得他根本配不上自己,与他一起生活实在无奈,与丈夫说话根本就是对牛弹琴。

后来,朱惟公在他的《断肠诗词集续》中写道:"其夫殆一俗吏,或恒远宦于外,淑真未必皆从。容有窦滔阳台之事,未可知也。"

从此,她的生活只剩下回忆。她回忆少女时代那段简单宁静无忧无虑的时光,回忆依然挂在朱家旧日闺房檐壁上的浅笑和愁怨,此后伴着她的,就只有一盏长亮的孤灯,漫漫长夜,瘦骨清风。

第三节 半飘残雪,梅也无情

湿云不渡溪桥冷,娥寒初破东风影。溪下水声长,一枝和月香。

人怜花似旧,花不知人瘦。独自倚阑干,夜深花正寒。

——《菩萨蛮·咏梅》

第五章 凄风苦雨诉幽怨：
花枝意红，不知人瘦

　　松、竹、梅合称"岁寒三友"，因为它们在百花残败的寒冬时节仍然顽强生长，在中华传统文化中象征着清廉高洁等种种美意，也是历代才子们吟诗作文时常常选取和寄托的意象。而岁寒三友中的梅，从古至今颇得才女们的赞赏，历代才女在诗文中赞颂梅花傲雪的铿然风骨，如李清照的《漱玉词》中，与梅花相关的词作在其人生的每一阶段都可以见到。朱淑真似乎也对梅花十分喜爱，在她身后"百不存一"的《断肠集》中，也有数首吟咏梅花的佳作。朱淑真一颗冰心，一身傲骨，大抵也是爱着傲雪寒梅的风骨，所以才如此作诗赞许的吧。

　　在朱淑真咏梅的诗词作品中，这阕《菩萨蛮》是最具有代表性的，也是笔者最为喜欢的。整篇词作中并没有刻意地写出梅花来，却无处不见梅花的芬芳、身影和芳姿。这样作词真是堪称绝妙。也许朱淑真是真的把《乐府指迷》中那句"咏物诗最忌说出题字"给理解透彻并运用得臻于化境的人吧。

　　上片纯粹写景，写天空云雾凝结在一处久久不散去，一阵若有若无的寒意吹破了东风留下的最后温暖，桥下的小溪流中，泠泠的流水声也让人感到寒意袭来。水声清冷悠长，还不时送来一阵幽幽的芬芳。天上月亮洒下银辉，这幽香和这月光相映成趣，令人驻足。

　　下片以花写人，写作者一如既往地痴爱着梅花，然而梅花却不知道她一日比一日更加憔悴。夜已深，词人独自倚在栏杆上感受着孤独寂寞，而那梅花却开得正好，并不知晓她因何憔悴消瘦。实际上，梅花只是无情物，又如何能理解人心中复杂的感情呢？可是她这样写下来，却流露出了心中不为人知的孤

满院落花帘不卷
——从诗词中品读朱淑真的爱恨喜忧

独和对宿命的深深无奈。

其实,也许为人还不如做一枝月下的梅。梅是无情物,也不会受情伤。而人因为有情,所以悲情;因为动心,所以伤心。

竹里一枝斜,映带林逾静。雨后清奇画不成,浅水横疏影。吹彻小单于,心事思重省。拂拂风前度暗香,月色侵花冷。

——《卜算子》

上片的"竹里一枝斜,映带林逾静",写得丰姿俊逸,让人很容易就联想到一幅雨后的美景:潇潇雨后,竹林掩映之中,一枝红梅蓦然斜出,给安静的竹林骤添色彩。朱淑真把文字和象征都运用得恰到好处,寥寥数笔,清爽幽静的气息尽显。她说雨后的美景清奇,梅枝横斜在浅水之上,相互映照。这种清逸之气,人力难以入画。《小单于》是军中曲调,她听着这呜咽凄凉的乐曲声心中也生起沉沉的忧思。晚风习习,带来一阵阵梅花的幽香,寒月寒梅相映照,别是一种清冷的风景。

梅,是倾城之品,有倾国之态和倾人之姿。凌霜傲雪,正直清高,芬芳馥郁,雍容典雅。喜爱梅花的古人不胜枚举,其中最为著名的大概就是那位"梅妻鹤子"的林和靖了。他的《山园小梅》诗云:"疏影横斜水清浅,暗香浮动月黄昏",把梅花的风骨和梅林的意境写得极美,是后人所难以逾越的。

梅花一直都被历代文人墨客们所喜爱,尤其是在宋代,看重人格气节的大夫士子们莫不以梅花为人格标杆。梅花以其暗香盈袖的气韵和素艳高雅的风姿吸引着历代士大夫。他们咏梅

第五章 凄风苦雨诉幽怨：
花枝意红，不知人瘦

的诗词文赋之中，或托梅言志，赞叹梅花凌寒独放的傲骨；或描形摹态，抒写梅花身世坎坷之悲情；或点化生情，抒发作者思乡怀人之感慨。赞美怜爱之情溢于言表。

朱淑真衷心爱梅，曾经一气呵成填了三阕《柳梢青》来吟咏赞叹梅花的清丽风姿：

其一

玉骨冰肌，为谁偏好？特地相宜，一味风流，广平休赋，和靖无诗。

倚窗睡起春迟，困无力、菱花笑窥。嚼蕊吹香，眉心点处，鬓畔簪时。

这一阕读起来，很是有些晚唐花间词的况味。上片是作者描写梅花的玉骨冰肌和高洁的气质引人倾慕。其中"广平休赋"和"和靖无诗"皆为历史典故。"广平"指代的是唐代的宰相宋璟。宋璟是唐开元时期的名相，其历经武周、中宗、睿宗、玄宗四帝，在任五十二年，一生为治理大唐励精图治，辅助皇帝开创了开元盛世。正是这样一位名相，他在年轻的时候作过一篇《梅花赋》，因其后来被皇帝赐爵为广平郡开国公，所以后人以"广平"称他。而"和靖"则是那位写出《山园小梅》的宋代诗人林逋。林逋字和靖，故有此句。

下片写深闺女子因为春困，午睡迟起，仍困倦无力，拿着菱花镜对镜自赏。她轻嚼梅花蕊，哈出芬芳的气息，又在眉心点上梅花妆，在鬓发间斜插梅花以为装扮，描绘出娇痴可爱的

满院落花帘不卷
——从诗词中品读朱淑真的爱恨喜忧

女儿风情。

其二

冻合疏篱,半飘残雪,斜卧低枝。可便相宜,烟藏修竹,月印寒池?

亭亭竚立移时,拌瘦损、无妨为伊。谁赋才情,画成幽思,写入新词。

这首词写远景梅花。落落疏篱外飘着雪花,一枝梅花斜斜地卧在雪中。梅枝不胜雪花压迫,横枝斜倚,样子就像烟藏修竹,月在寒溪。而词人喜爱梅花,把梅花写入她的新词之中。这种清越的景象真是充满了诗情画意。

其三

雪舞霜飞,隔帘花影,微见横枝。不道寒香,解随羌管,吹到屏帏。

个中风味谁知?睡乍起、乌云甚欹。嚼蕊妆英,浅颦轻笑,酒半醒时。

这一阕是写人在房内隔着帘子看梅花盛开在雪舞霜飞之中,隔着帘子看梅花,颇有一种朦朦胧胧的美感。外面不知谁人在吹笛子,梅花的淡淡芬芳随着悠远的笛声投入门帏之中,而这时候,房中午睡的女子刚刚醒来,乌云一般浓密亮丽的长发披散着,以梅蕊为餐食,以梅花为装扮,笑意盈盈,似醉似醒。

第五章 凄风苦雨诉幽怨：
花枝意红，不知人瘦

写得婉约清绝，美不胜收。

朱淑真的梅花词有一个共同点，就是上片统一写景，下片以景入情。这三阕《柳梢青》也都是如此。细细想来，词人在咏梅词的下片中塑造的爱梅如痴超尘脱俗的女子，大抵都是她对自身的期许吧。可以看出词人痴爱梅花，誓愿以像梅花一样生活得清高而有气节。有学者认为这三阕《柳梢青》是他人所作混入《断肠词》中的，事实如何无法深究，我们估且把它们当作朱淑真的作品吧。

此外，朱淑真还写有数首与梅花相关的诗词。如这阕《绛都春》：

寒阴渐晓。报驿使探春，南枝开早。粉蕊弄香，芳脸凝酥琼枝小。雪天分外精神好，向白玉、堂前应到。化工不管，朱门闭也，暗传音耗。

轻渺。盈盈笑靥，称娇面、爱学官妆新巧。几度醉吟，独倚栏干黄昏后，月笼疏影横斜照。更莫待、单于吹老。便须折取归来，胆瓶插了。

《绛都春》这个词牌名比较少见，其在《梦窗词集》中入仙吕调，其格式和韵脚正是以朱淑真的这一阕词为标准的。双片一百字，前后片各六仄韵。前片第五句，后片第四句，皆以下句前四字与上句为对偶，与一般七言句有所不同。第二句第一字是领格，宜用去声。

与上面的《菩萨蛮》和《卜算子》相比，这首词就填得清

满院落花帘不卷
——从诗词中品读朱淑真的爱恨喜忧

丽动人，妩媚生姿。

寒意料峭的夜色随着清晨的到来渐渐退去，天色开始亮起来。向外看去，南墙外那株梅花已然开放了，正在向探春的驿站使者展示出春天的气息。梅花娇嫩的花蕊散发着淡淡的芬芳，花瓣就如同凝结的奶酥那般美丽，俏丽的梅枝就如同美玉雕琢出来的一样。这梅花盛开在雪地里，显得格外风姿绰约。即使庭院深深也关不住这浓浓春意的美景，这是大自然的玄妙造化，虽然房中的人紧闭着门户，还是隐约可以嗅到一丝丝梅花的芬芳。

在这丝丝缕缕的梅香之中，那闺阁中的女子正对着镜子装扮自己，用那最新流行的梅花妆。美丽的女子明眸如星，面容娇美，惹人怜爱。她在半醉半醒之间斜倚着梅树的花枝，轻轻吟哦着那些赞叹梅花的诗词佳句，入夜的银色月光如同轻纱笼罩着花枝，别有一番清丽的滋味。疏影横斜、暗香浮动的美景真是令人心醉啊！不要等北风催老了梅花再来叹息，先折下那开得最美的一枝插在花瓶里观赏吧。

是啊，花儿就该在最美的时候被欣赏。花开堪折直须折，莫待无花空折枝。女子又何尝不是花儿呢？在最美的年纪能遇到一个可以欣赏自己的人，那才是人生中最大的幸福吧。朱淑真寄托在这首词中的怜花惜花之情，其实也是与她自身的命运紧密相连的。她感情生活的无奈，让她的诗词中充满了叹息。那是一种无法形容无法排解的忧虑和哀伤，指向生命最后的归宿。她写了这么多的梅花诗词，又何尝不是对自己生命的一个隐喻，借梅花来抒发自我感情呢？

第五章　凄风苦雨诉幽怨：花枝意红，不知人瘦

人世间最悲哀的事莫过于两种：英雄末路，美人迟暮。同样地，最是人间留不住，朱颜辞镜花辞树。

朱淑真没有李清照幸运。李清照虽然经历国破家亡的坎坷，但至少她曾经和丈夫赵明诚一起度过了数载幸福的年华，夫妻之间相互唱和，相互追随。而朱淑真从嫁作人妇的那一天起，就已经注定了他们夫妻不是同路人的悲剧命运。而且李清照后来虽然失去了深爱的夫君，但是还有夫君留下的金石典籍可以赏玩，可以让她寄托思念和感情，还有深知她心的男性知己与她对诗对词。而朱淑真苦就苦在一生都遇不到懂她的人。知音少，弦断有谁听。但朱淑真不知道，在她死后，这世上出现了很多懂她的人，出现了很多她的知音。他们为她写诗写序，为她整理《断肠集》，为她短暂的花期纪念，为她喜也为她悲。

她这么痴爱梅花，大抵梅花就是她一生清高性情的写照吧。

第六章
泪洗残妆无一半：闲愁万种，花落水流

花落随水流，闲愁万种，满纸相思，此情无尽。人世间极致的孤独，不是深处人潮举目无亲，也不是形单影只独往独来，而是琴瑟和鸣，却无相和之曲。

第六章 泪洗残妆无一半：
闲愁万种，花落水流

第一节 暮暮朝朝，天涯无尽

巧云妆晚，西风罢暑，小雨翻空月坠。牵牛织女几经秋，尚多少、离肠恨泪。

微凉入袂，幽欢生座，天上人间满意。何如暮暮与朝朝，更改却、年年岁岁。

——《鹊桥仙》

这阕词描画出的是七夕乞巧那一夜的光景。

彩云如同精美的织锦装点着晚上的天空，秋风带走了闷热的暑气，落雨带来了丝丝的冷意，月亮沉下去了。牛郎和织女这对苦命的鸳鸯，要经过一个春秋，才能在那鹊桥之上相见一夜。不知道相见的时候，那积蓄了一整年的断肠的苦恨和伤感的离人泪能不能流尽啊。

牛郎织女的故事，世代流传。是王母娘娘用钗子划出的银河隔开了两个人，让他们无法相聚。想必朱淑真对王母娘娘手

满院落花帘不卷
——从诗词中品读朱淑真的爱恨喜忧

中的钗是有怨恨的吧。她体会过这样的苦楚,因为她也为情所苦,所以她为他们疼惜落泪。在她心里,像牛郎织女这样一对永生不得相见却又永生不死的情人更是凄凉的。

虽然她成婚的前夕曾经对婚姻有过美好的期许,但在与丈夫的相处之中,她渐渐明白了这只能是她的痴心妄想。这样的情境下,她不禁又开始苦苦思念心中的檀郎,那个吹箫的白衣少年。在她心里,这个世上只有他是懂她的,因此她的情意,与牛郎织女这对亘古的爱侣也算是殊途同归了吧。但牛郎织女至少还能知道对方在什么地方,虽然一年只能相会一日,但好歹心里还有个念想在。而朱淑真呢,她甚至不晓得她的檀郎身在何处,要寄托思念,都不知该向何处去寄。

她在这边,而心中的他在不知方位的那边,中间是山长水远、迢迢路途。

在朱淑真的心中,她宁可舍弃对长相厮守的渴望,她想,哪怕就只有数日的时间,相依相守,追随唱和,此生也算是没有遗憾了。毕竟长相厮守太久远,人生太无常,命运有太多的玄机是我们无法参透的。同生共死这期望太难把握,不如把握住眼下能拥有的幸福,那就算是朝朝暮暮的相伴也抵得上岁岁年年的久长。

汉乐府《古诗十九首》中有一首诗也是写七夕的:

迢迢牵牛星,皎皎河汉女。
纤纤擢素手,札札弄机杼。
终日不成章,泣涕零如雨。

第六章　泪洗残妆无一半：
闲愁万种，花落水流

> 河汉清且浅，相去复几许。
> 盈盈一水间，脉脉不得语。

这是一篇悲情的诗笺。素手纤纤，泪珠滚滚，一唱三叹，表现出织女对牛郎的痛苦思念。有情人就这样被一道银河无情地分开，从此永生承受别离的苦楚。

在人生的苦难中，爱别离之苦痛最甚。因不能与心爱之人相会，心生忧恼。古语云："悲莫悲兮生别离，乐莫乐兮新相知。"尤其是对于天生具有情爱执念的女子来说，爱别离更是无法压抑的悲情。朱淑真就是因为爱情不如意而痛苦了一生，最后举身赴清池，英年早逝。可见别离的苦，犹如毒刺，一旦刺入心中，就是致命的。

这个七夕之夜，朱淑真是悲伤的。她心中思念着自己的檀郎，回忆着少女时代共同读书的甜美。牛郎织女还能一年一会，而她却连这样的机会都没有了。兰闺苦寂寞，无事度芳春。料得行吟者，应怜长叹人。

女子生于世上，也是一场修持。她们本来如梅花一样高洁，如山谷中的风儿一样自由自在，可一旦动了心有了情，就再不能自在，就有了收不回来的漫长人生。

此外，朱淑真还作过两首《七夕》诗以抒发心中情怀：

其一

拜月亭前梧叶稀，穿针楼上觉秋迟。
天孙正好贪欢笑，那得工夫赐巧丝。

满院落花帘不卷
——从诗词中品读朱淑真的爱恨喜忧

其二

三秋灵匹此宵期,万古传闻果是非。

免俗未能还自笑,金针乞得巧丝归。

农历七月初七的七夕节,是女性的节日。因为传说中这一天是牛郎织女相会的日子,所以每年到了七夕这一天,民间女子们都会把自家的庭院洒扫整洁,当庭布筵,供奉点心瓜果,晚上月亮出来的时候,对着月亮虔诚地礼拜,并且对月穿针引线,一则祈求织女保佑自己能有一段美好姻缘,二来希望织女能把她出神入化的精湛女红针织的技艺传授给自己。因此,七夕节又被称为乞巧节。宋孟元老在《东京梦华录·七夕》中写道:

"七夕前三五日,车马盈市,罗绮满街,旋折未开荷花,都人善假做双头莲,取玩一时,提携而归,路人往往嗟爱。又小儿须买新荷叶执之,盖效颦磨喝乐。儿童辈特地新妆,竞夸鲜丽。

"至初六日、七日晚,贵家多结彩楼于庭,谓之'乞巧楼'。铺陈磨喝乐、花瓜、酒炙、笔砚、针线,或儿童裁诗,女郎呈巧,焚香列拜,谓之'乞巧'。妇女望月穿针,或以小蜘蛛安合子内,次日看之,若网圆正,谓之'得巧'。"

由此可见,朱淑真实在是一个至情至性的人。自古女子写

第六章　泪洗残妆无一半：
闲愁万种，花落水流

七夕无非就是拜月或祈求好姻缘，因为不论如何，织女好歹也是传说中的一位神仙啊，唯独朱淑真敢在诗中流露出这样的心思。她说在七夕之夜，女儿们都忙着拜月，祈求织女可以赐给自己一段美好姻缘，可实际上，织女自己正忙着与牛郎相会恩爱，连自己都顾不过来，如何有工夫给你们赐什么巧丝呢？她确实真性情，敢爱敢恨，敢怒敢言，而且感情悲切，言辞大胆。在程朱理学风行的宋代，这样的女子恐怕算得上惊世骇俗的吧。但在她心中，作为女子，最可贵的事便是能与情郎厮守，所以即使自己无力与命运抗衡，面对自己承受的爱情悲剧，她还是要说出自己的心声。

　　女子的爱和相思总是偏执的。很多时候明明知道没有结果，明明知道会化为灰烬万劫不复，她还是会义无反顾地去飞蛾扑火，只是为了那可能遇到的一点点温暖。虽然令人心疼，但不得不说这样才是爱啊。如今的人，做事的目的都是为了结果，若没有结果，就不愿给自己以身犯险的可能。如此，人情变得愈发寡淡无味，所做的文章所行的诸事也愈发寡淡无聊了。所以当今之世，我们读到如同朱淑真这样敢爱敢恨、内心丰盈的女子，也不禁要为之动容啊。

满院落花帘不卷
—— 从诗词中品读朱淑真的爱恨喜忧

第二节 此情谁见，泪洗残妆

独行独坐，独倡独酬还独卧。伫立伤神，无奈轻寒著摸人。此情谁见，泪洗残妆无一半。愁病相仍，剔尽寒灯梦不成。

——《减字木兰花》

这阕词是笔者的挚爱。朱淑真填在这阕《减字木兰花》中的"独行独坐，独倡独酬还独卧"一句，简直堪称绝妙。她居然能够在一句话里连用五个同样的字，却丝毫不给人以冗长拖沓的感觉，倒是将自己婚姻失意、所托非人、终日孤独的寂寥之感淋漓尽致地表现了出来。从来心境最难表达，她这一句话，便把那女子形单影只、顾影自怜的情态描绘得如此精妙、一气呵成，可见她驾驭言辞、锤炼情境的功力实在不凡。

上片先是五个"独"字逐层铺排，活灵活现地表现出此人形单影只、无人交流的凄凉，她只好久久地站立于阶前，时而翘首凝望，时而低头遐想。然而，她心中伤感，因此所望与所思都只能更加地令人"伤神"。虽然当时处在风和日丽的春天，词人却因常年忧思，累积成疾，又因她体质娇弱，所以在柔和的淡淡春风中竟也感觉似乎寒气袭人，流露出词人心中无法排

第六章　泪洗残妆无一半：
闲愁万种，花落水流

遣的怨怅之意。

　　下片更加黯然神伤。她一日复一日地独守空闺，可怕的孤独感似乎要把她穿透，在她的一举一动之中，一次又一次地冲垮她内心的防线，让她无法控制地悲伤不已，泪珠滚滚，冲花了脸庞上精致的妆容。她是如此痛心，依靠着少女时代留存在记忆中的那一点点温暖，已经撑持了这么多年，如今终于快要撑不下去了，只能泪洗残妆，夜夜无眠。

　　古语云，女为悦己者容，而没有悦己者在身边，教她为谁装扮为谁容？况且她又是那么一个不肯将就的女子。自此，她在悠长的痛苦和寂寞中缄口不言，只是哀哀地填词，把骨血中的最后一丝温暖融入字里行间，且看词短情意长。

　　如今朱淑真身为人妇，自己的娘家是再也顾不上了，丈夫又常年冷落她，根本没有一丝温情。面对凄凉的婚姻，她只能自伤自省，愁肠百结。她夜夜难眠，写出的诗词也句句断肠。她写信给夫君，希望可以允许她回朱家探望父母。可是这个关头，她的夫君却接到了朝廷调令，要他尽快去赴任。于是朱淑真请求回家探亲的信件，他连看都没看就扔在了一边。原来朱淑真的这位夫君，虽然没有吹箫少年那样能与她相配的才华，在人情世故上却有着极好的天赋，对溜须拍马钻营取巧的事情多有研究，因此几年来不断升官，愈发得意。所以也整日不着家，不管妻子，经常独自在外风流，日子久了，更是对朱淑真也毫不避讳了。

　　朱淑真当然不能忍受这样的事情。所以，丈夫难得回家，只要一回家，夫妻二人就避免不了争执。淑真对丈夫如此薄情

满院落花帘不卷
—— 从诗词中品读朱淑真的爱恨喜忧

寡义感到万分心寒,但她约束不了他,只能把伤感和怨恨都寄托在诗词里:

年年玉镜台,梅蕊宫妆困。今岁未还家,怕见江南信。
酒从别后疏,泪向愁中尽。遥想楚云深,人远天涯近。

这阕《生查子》道出了她心中极度的悲凉。她虽然还是会对着玉镜梳妆,但是容颜却一天比一天更加憔悴,连她平日里最钟爱的梅花妆都懒得化了。夫君终日与她分离,就算她有兴致装扮自己,又有谁来欣赏呢?

梅花妆是古代妇女常用的一种妆容,即在额头中心点画一朵梅花作为装饰,相传起源于南朝宋武帝时期。宋武帝的女儿,名寿阳公主,天生丽质,娇美动人。有一年的正月初七之日,公主独自在含章殿下半倚半卧地观赏梅花,一阵清风拂过,梅树上落下一朵梅花,悠悠扬扬地恰好落在了公主的眉心上方,在她的前额形成了五瓣梅花的形状。本来就美丽的公主因为这梅花妆显得更加清丽出尘,从此梅花妆便成了公主最常用的装扮。

后来,宫中妃嫔女眷们也纷纷效仿寿阳公主为自己化梅花妆,一来二去流传到民间,更是衍生出许多颜色和化法来,贵族女子们用金箔、珍珠、云母、螺子钿来装扮,民间妇女们则用胭脂、鱼鳞、蜻蜓和鸟羽为之,并由此衍化出一个美好的传说,说寿阳公主本来是梅花仙子,为了来教女子们化梅花妆才托化凡尘。所以自此后,世间女子皆以梅花妆为美,朱淑真自

第六章 泪洗残妆无一半：
闲愁万种，花落水流

然也是喜爱的。

而第二句，她独自思量着又是新的一年到了，但今年自己却未能回家，思乡思亲之情缭绕心头挥之不去，因此她既期盼着家里来信，又害怕真的接到家信会让她的思乡之情更加浓重。自从结婚后和夫君奔波在外，与故人分别之后，自己已经很少饮酒了，连泪水也没有流过太多，大概是因为伤心久了，泪水已然流尽了吧。这里的故人指代的应该不是朱淑真的父母，更可能是她心中深深铭刻着的那个少年，那个曾经跟她共读东轩、同饮花下的少年，那个与她同游西湖，在细雨中相依相伴的心中檀郎。遥想当年，她和他，一个貌美如花，一个俊逸似仙；他刻苦读书，她红袖添香；他吟诗作赋，她对月弹琴。那是多么美好的年岁，在如今回忆起来竟有一种不真实感。而此时此刻，他不知身在何方，她却被不可知的命运变成今天这副哀怨的样子。人家都说，顷刻聚咫尺，一念散天涯，可是如今她和他之间不知道隔了多远，也许跟这样的距离比起来，连天涯都是近的吧。

毕竟天涯再远，也还是可以丈量出距离，而人心难测，是永远也无法测量的。

如今夫妻感情已经不可指望了，能留存在朱淑真心底的，也就只有昔日和少年相互唱和的那一段时光了。当年那份没有杂质的爱，是如今生活中唯一坚定的梦想，怎能不让她留恋呢？

少年的箫声是她最深的渴望。独自对月的时候，她弹出一曲空谷幽兰，落下一滴盈盈珠泪。如何才能望穿千年的风霜，回到那个曾几何时相互追逐的年岁？漫漫人生路上，纵使拥有

113

满院落花帘不卷
——从诗词中品读朱淑真的爱恨喜忧

一切,缺少了他,她都无法幸福。

花落随水流,闲愁万种,无语怨东风。

第三节 关山明月,悲苦离人

去家千里外,飘泊若为心。
诗诵南陔句,琴歌陟岵音。
承颜故国远,举目白云深。
欲识归宁意,三年数岁阴。

——《寄大人》

自从朱淑真嫁人,便再没有机会回到那个自己从小到大生长的朱家宅邸。嫁作人妇,离家千里,跟随夫君,日夜漂泊。曾经心怀希望,希望能和夫君有美满的婚姻生活,却被那男子无情地厌弃。被丈夫冷落的心寒,身边没有知音的苦闷和常年见不到亲人的牵挂,都让朱淑真沮丧万分。

她对自己无法向父母尽孝而感到自责和羞愧,于是在前面引述的第一首《寄大人》引用了两个《诗三百》中的典故,因为自责,也为寄情。

《诗经·小雅·南陔序》云:"孝子相戒以养也。"意为子女

第六章　泪洗残妆无一半：
闲愁万种，花落水流

应该尽好孝养父母的本分。而《诗经·魏风·陟岵注》云："此魏孝子行役，思念父母也。"意为子女应该常常把父母牵挂于心上。

而今，丈夫和知音是不可指望的了，所以让她挂心牵念的就只有故土和远在钱塘故里的父母双亲。朱淑真思乡思亲情切，于是写了两首《寄大人》给家乡的父母。篇首只选录了这两首中的第一首。还有一首如下：

极目思乡国，千里更万津。
庭帏劳梦寐，道路压埃尘。
诗礼闻相远，琴樽谁是亲？
愁看罗袖上，长揾泪痕新。

为了跟随丈夫宦游赴任，她离家千里之外，常年漂泊，思念之情无处寄托，只有诗词和琴音能够陪伴在她左右。父母生养自己，而自己却要远嫁，无法承欢膝下，空有侍奉尊长的心意，却像那漂泊的孤舟一样，离故土越来越远。人家都说女子出嫁之后应该经常带着夫君归宁，可是她等着这归宁的期限啊，到今天已经等了三年。

古时女子出嫁，第三天要带着丈夫回娘家看望父母，是谓归宁。《诗经·周南·葛覃》曰："害澣害否，归宁父母。"《毛传》曰："宁，安也，父母在，则有时归宁尔。"可知出嫁的女儿，应当按时回家，向父母问安。历史上大都是三日回门，故古语称之为"三朝回门"。因为风俗朝代和地域等差异，也有五

满院落花帘不卷
——从诗词中品读朱淑真的爱恨喜忧

日或七日回门之说,全看实际方便,并不刻板。如孟元老《东京梦华录》中记载的就是七日回门。普遍地说,女儿出嫁三日之后,丈夫要陪着妻子到妻子娘家拜见岳父岳母,俗称"会亲",这样"回门"与"会亲"就可合并举行了。但如果第三日的时候,丈夫不方便陪同妻子一起回门,也可以让妻子先自行归宁,而丈夫另外选择时间去岳父母家"会亲"。但新妇在回门的当天就必须返回夫家,不准在娘家留宿,因万不得已留宿时,新夫妇也不能同宿一室。等到再次归宁,就不受此限制了。一般归宁都是住九天,俗称"住九"。《东京梦华录》卷五《娶妇》记宋代风俗说:"婿往参妇家,谓之拜门。有力能趣办,次日即往,谓之复面拜门,不然,三日、七日皆可,赏贺亦如女家之礼。酒散,女家具鼓吹从物,迎婿还家。"可见女子归宁,自古已成通例,乃是人之常情。

但朱淑真出嫁三年,居然没有机会归宁。自从夫妻感情名存实亡后,她的书信就被夫君压下,即使读了,也不遂着她的意思去办。因此朱淑真算着归宁的日期,算了三年,也没有回去过一次。

因此她在《寄大人》其二中说,她极度思念家乡,可家乡却离自己千万里之遥,自己担心牵挂父母双亲,导致连睡觉都不能安稳。回想少女时代,一家人经常聚在一起,作诗弹琴,潇洒雅致,让她格外怀念。可如今与故土远隔千万里,自己却没有自由,只能泪洒衣襟了。

此时的朱淑真常年背井离乡,又被丈夫厌弃,心中已经没有了别的指望,只盼能够早日得到回家的机会,回到山清水秀

第六章 泪洗残妆无一半：闲愁万种，花落水流

的故乡，与父母亲人见面叙旧。这次天公作美，正在她苦苦牵挂故土和亲人的时候，驿站给她送来了一封家书。这封家书让终日愁苦的朱淑真仿佛见到了一片春光，于是她欣喜若狂地写诗来抒发心中的惊喜：

其一
忽得南来信，殷勤慰我心。
新诗怜俊逸，清论忆俗音。
目断乡程远，楼高客恨深。
三年重会合，依旧见荆阴。

其二
忆昔江头别，相看对古津。
去来分橹棹，南北隔音尘。
把酒何时共，论文几日亲。
归宁如有约，彩服共争新。

这首《和前韵见寄》据记载有两种版本：一种是分两首的，分成两首五言律诗；一种直接就是一首五言长诗。这里笔者认为诗的层次和韵脚更贴近五言律诗。

朱淑真常年漂泊在外，有一日突然接到了家书，对于她来说这真是一件令人快慰的事情啊。所以，她悲喜交加，感慨万分，兀自想象着自己这么多年没能回家，家人又写出了什么好诗好词，谈论过一些什么有趣的事情。可是家乡相隔太远，就

满院落花帘不卷
——从诗词中品读朱淑真的爱恨喜忧

是站在高处极目远眺也还是看不到,只能独自难过伤怀。而今虽然已经分别了三年之久,若能回去,依旧可以见到少女时候的风情,这真是令她感到欢快啊。回忆当年,父母在江边送她出嫁,接亲的船已经驶出了很远,父母和自己还是隔着江水泪眼相望。自从嫁为人妇,她就和亲人分隔南北,不知道什么时候能有机会再和家人们一起把酒问月,赋诗弄文。如果可以实现归宁的约定,她一定像少女时候那样,穿上鲜艳漂亮的衣服与家中女眷比美共乐。

古代的女子既然嫁人了,就没有了自主权,一举一动都要顺从夫君的意思,如此才可称为贤妻。朱淑真接到家书,思亲之情如秋日的江水泛滥,可是自己现在和夫君的关系如此僵化,那么自己归宁探亲的心愿,夫君会允许吗?公婆会允许吗?她心里暗暗担忧,忐忑不安,不知道那个薄情寡义的丈夫,是否能体谅自己一片思乡思亲之情。

时隔不久,朱淑真又一次收到了家信,这次是嫂子寄给她的。于是她和诗一首,寄回给嫂子:

声声喜报鹊温柔,忽接芳缄自便邮。
一尺溪藤摛锦带,数行香墨健银钩。
倾心吐尽重重恨,入眼翻成字字愁。
添得情怀无是处,非干病酒与悲秋。

——《得家嫂书》

可见这一次收信,她也是同样感到兴奋。她高兴的时候,

第六章　泪洗残妆无一半：
　　　　闲愁万种，花落水流

觉得连身边的愁云惨雾都散去了，取而代之的是明媚的春景："声声喜报鹊温柔，忽接芳缄自便邮。"而且，从诗的内容可以判断，朱淑真的嫂子也是个精通翰墨的女子，朱淑真婚前应该和她的关系颇为亲密，可以互说体己的话，所以"一尺溪藤摘锦带，数行香墨健银钩"。如今她们在信中互相倾吐心事，可是朱淑真心中充满愁怨和伤感，因此"倾心吐尽重重恨，入眼翻成字字愁"。她无法做自己的主，也不知道丈夫究竟放不放自己归宁，所以只能"添得情怀无是处，非干病酒与悲秋"。

　　那个时候，她内心的乡愁就像秋天涨潮的江水一样猛烈，无法退去。就是浩荡江水的万重波涛也抵不过她心中一瞬间的离愁别恨，她的心绪无法安宁，抬头看天，天上大雁正排成一字队形回巢，低头望地，连树木花草也相互依偎盘绕，像极了承欢父母膝下的快活儿女。她只能对着故园的方位，默默地伫立。日夜牵挂着家乡父母，内心的感伤无处安放。她心中的愁苦，无处倾吐，无人能诉说，所以只有把这浓酽的感情流诸笔端。人世苍茫，只有文字可与她互为知音。

　　漂泊的路途注定是孤苦的，而抛却自己本身的意义，去依附于一个男人更是可悲的。但在宋代那样封建的时代，朱淑真没有别的选择，只能被困在这些教条里，看不到希望，所以她终其一生都是悲苦的。这悲苦化作了漫天的雨，淋在每一个爱她懂她的人的心头。

　　关山月明，她是永远的离人。

满院落花帘不卷
——从诗词中品读朱淑真的爱恨喜忧

第四节 词坛双璧，南宋双姝

> 净土移根体性殊，笑他红白费工夫。
> 幽姿羞损婵娟女，异色孤芳潋滟湖。
> 顾影有情欺水荇，向人无语鄙风蒲。
> 一枝摇动清香远，几许诗笺与画图。
>
> ——《青莲花》

这首《青莲花》是笔者在读过整卷朱淑真《断肠集》之后觉得最为心仪的诗作之一。朱淑真写莲花的诗词不如梅花多，但是若论花格与人格的相似性，倒是莲花与她更为相似。她后来自称为幽栖居士，多少也是因为爱慕着莲花"出淤泥而不染，濯清涟而不妖"的花格吧。

宋代是个江山代有才人出的时代，这个时代有并立在词坛的两位女性，即李清照和朱淑真，后世并称她们为"词坛双璧"或"南宋双姝"。而莲花又是这两位才女填词赋诗时皆常引用的经典意象，所以此节便以莲为题，延展对比一下李清照与朱淑真的人生命运。

提起李清照，在我们这个年代应该是家喻户晓的，李清照

第六章　泪洗残妆无一半：
闲愁万种，花落水流

作为宋代婉约词作者的代表，连学生的课本上都选录有李清照的词作。但作为相同朝代与李清照齐名并称的才女朱淑真，后世人却知之甚少。今天，如果单从诗词作品的层次和水平上来看，朱淑真是绝对不比李清照差的；如果从数量上来看，她的作品甚至比李清照还要多得多。可悲的是，在她对生活绝望投水自尽以后，她的父母家人因为伦理教条甚为可畏，将女儿的诗词作品焚毁大半，经过后世知音的努力整理结集，今日才有《断肠词》可读。但如今流传下来的朱淑真作品，相比于她终身诗词作品的数量，可谓百不存一。

纵观李清照的一生，她生在真正的书香门第，父亲李格非是南宋词坛的名士，与南宋的文人骚客们交游甚广，甚至与大词人苏东坡亦有交情。《宋史·李格非传》记载，"(李格非)入补太学录，再转博士，以文章受知于苏轼"，而在宋哲宗元祐四年（1089年），李格非官至大学正。

如此，李清照出生在这样的家庭里，就已经奠定了她之后在宋代词坛崭露头角的基础。受家庭环境熏陶，李清照自幼就显示出文采上的天赋和才能，从七岁的时候起就得到父亲和诸位师友的指点。"苏门四学士"之一的张耒就曾经赞扬李清照说："(李格非)长女能诗，嫁赵明诚。"

而朱淑真的生卒年月和籍贯，至今都是数种说法不一。她的父亲虽然也是仕宦之人，但并没有李格非那样的知名度。他认为，虽然翰墨文章非女子才能，但却令她"情之所钟"，所以"不觉自鸣"。可见她是生长在环境自由的家庭之中，再加上跟着做文官的父亲耳濡目染，造就了才情的同时，也造就了倔强

满院落花帘不卷
——从诗词中品读朱淑真的爱恨喜忧

任性、不肯屈就的孤高个性。

李清照的《漱玉词》中,很多词作读来都能体会到一种淡淡的闺怨哀愁,可见她是把心事和自己的所思所想都含蓄地借助意象表现在词作之中。如她那阕《一剪梅》:

红藕香残玉簟秋。轻解罗裳,独上兰舟。云中谁寄锦书来,燕字回时,月满西楼。

花自飘零水自流。一种相思,两处闲愁。此情无计可消除,才下眉头,却上心头。

这是李清照很著名的一首相思词。开篇她先用了数种精妙的比喻来把这种相思之情形象化,把丈夫比作流水,把自己比作落花,塑造出落花随水流的氛围,用以表现和丈夫的夫妻情笃。再用"一种相思,两处闲愁"表现出夫妻二人虽然身处两地,但心同一处,虽苦犹甜,苦乐交织,还是颇为积极的。

而朱淑真的《断肠集》中,除了少女时代赏花游湖宴饮作乐的一些诗词氛围是轻松愉快的之外,后面的作品大都可以读出一种浓重的哀愁。她的生活确实是不幸的。丈夫对她完全没有怜惜之情,她又是眼光极高的女子,也不能接受那样一个才疏学浅的丈夫。再加之她本性中对命运不满,性格敏感,所以流诸笔端的作品或是开门见山地大声抗议命运不公、生活薄幸,或是读起来就能感受到刻骨的哀怨愁苦。

李清照和朱淑真作为两位生长时代相去不远的女词人,她们的身世和命运有着诸多的相似之处。她们都才华过人,都有

第六章　泪洗残妆无一半：
　　　　闲愁万种，花落水流

着强烈的反礼教、不甘被命运摆布的精神，但历史上公认李清照的成就要远远超出朱淑真。这并不是因为二人的才华高下有别，而应该是李清照更具有男儿的气概，能够较为积极地接纳和面对生活，她虽为女子，但巾帼不让须眉。王灼曾在《碧鸡漫志》中评价李清照说："自少年便有诗名，才力华瞻，逼近前辈，在士大夫中已不多得，若本朝妇人，当推文采第一……作长短句，能曲折尽人意。轻巧尖新，姿态百出。"

　　而且她不把自己困在女子交游的小天地里，作品中虽然也多见闺情闺怨，但亦有飞扬坚劲、高远开阔之豪气词作。《渔家傲·天接云涛连晓雾》便是代表。她敢于突破时代背景给女子的诸多束缚，幸运的是还得到了普遍的认可，可谓幸甚。

　　而朱淑真却难以接受那些达不到自己期望的人和事，从而不断自闭自苦，只能把心中的愁怨都通过作诗填词来排遣。虽然她也不受礼教束缚，但没有李清照那么幸运，得不到同路人的支持和赞许，于是常年把自己囿于闺中，郁郁寡欢。从她的《清平乐·夏日游湖》就能看出来，她和意中少年游西湖，"娇痴不怕人猜，随群暂遣愁怀"。然而欢聚之后，她回到家里，就"归来懒傍妆台"，对分离之后失落的心情没有理性的导引，而是不加抑制地放任。在后来的生活和婚姻中，朱淑真亦是如此，无法左右命运，也不能理智地调控自己的心态情绪。但也正是因为如此，才使她很多诗词作品中的意象情感极为生动，令人同此心情。

　　《云韶集·词坛丛话》曰："妇人能词者，代有其人，未有如易安之空绝前后者。朱淑真词风致之佳，情词之妙，真不亚

满院落花帘不卷
——从诗词中品读朱淑真的爱恨喜忧

于易安。宋妇人能诗词者不少,易安为冠,次则朱淑真,次则魏夫人也。"

但不论怎么说,每个人都有属于自己的风情,豪气有豪气的好,幽怨也有幽怨的妙。无论是相思之愁的脆弱,还是无法言说的沉重的忧伤,都是美丽的,值得后人一再品读。

都是在红尘里走过的痴情之人,唯恐孤心独处时,忆君君不知。

第七章
千里相思付东流:一别两宽,各生欢喜

一念聚咫尺,顷刻散天涯。遗忘从来都是一件残忍的事,就像回忆的高墙突然间坍塌,只留下一地颓圮的光景。

第七章　千里相思付东流：一别两宽，各生欢喜

第一节　鸟鸣惊梦，眉锁依旧

银屏屈曲障春风，独抱寒衾睡正浓。
啼鸟一声惊破梦，乱愁依旧锁眉峰。

——《旧愁》

这首诗读起来，总有一种令人心碎的感觉。如果说当初的吹箫少年给了朱淑真无法愈合的初恋伤痛，那么这段失败的婚姻便彻底让她寒了心。夫君的薄情给了她最致命的一刀，把她对生活的所有期待全部揉碎了。

她长日无聊。房间里的屏风阻隔了本来能吹进来的春风，天已经大亮了，可她还是抱着薄薄的被子睡着。外面传来了一声尖锐的鸟鸣，才惊醒了她，可刚从睡梦中醒来，心中的忧伤和哀怨就浮上来，她不禁蹙紧了眉头。

柔和的春风，悦耳的鸟啼，本来都是充满希望的春景，但她由于常年忧伤，看不到生活中的希望，所以乐景也都变成了

满院落花帘不卷
——从诗词中品读朱淑真的爱恨喜忧

悲景。自己的婚姻是彻底没有指望了，面对已经哭不出来的双眼和柔肠寸断的心思，她最怕的就是回忆起少年时曾经有过的那段快乐。可越想忘记，偏偏越无法忘记。人心之间的那道短短的屏障，有时候比千山万水更难跨越。正如同唐代女诗人李冶的诗作《八至》中咏叹的："至近至远东西，至深至浅清溪，至高至明日月，至亲至疏夫妻。"

这就是爱情的真相啊。相爱的时候幸福得连马上死掉都心甘情愿，但一朝情变，那锥心蚀骨都不足以形容的凄清，也能让一个人心神俱毁。

面对夫君的薄情，她心底的恨意泛滥成灾，但又尚存一丝丝的不甘。无论如何，有了夫、有了妻那就是一个家庭，是朱淑真这样感性的女子最珍视的家庭呀。而她的夫君现在在做什么呢？他已经很久没有回来看望她了，如今又升了官，只怕现在该是在别的温柔乡里流连忘返，早已不记得她这个明媒正娶的夫人了吧。回想当年初嫁，夫妻间也有过琴瑟和谐的幸福时光，而短短几年，却由爱生恨，愁肠百结，只剩她一个人孤苦伶仃，他却不闻不问。

在这样无奈的处境之中，朱淑真的心在一点一点地死去。有名无实的悲凉婚姻，加上家里寄来的一封封信笺，让她鼓起勇气，一再写信给丈夫，请求能让她归宁省亲，而丈夫一次次看了之后不做任何回复。于是她索性用了病体难挨，希望借助故乡水土调理身体的要求，再一次发了信笺给丈夫。此时此刻，她满心想着的只有回家归宁，加之心中尚念着一丝丝的夫妻情意，所以她没有在信中多说什么恩断义绝的负气话，只是请求

第七章 千里相思付东流：
一别两宽，各生欢喜

归宁。丈夫见她反复要求，加上她身体确实不容乐观，可能也不愿意每次回家就和她吵架，于是这一次他准许了她的请求，让她独自回了钱塘故里。

她的父母兄嫂对远嫁的朱淑真终于有机会归宁感到欣喜若狂，但朱淑真刚刚回家几天，看着双亲、兄嫂以及邻家夫妻皆是双双对对自在生活，心情惆怅，忍不住又想起自己薄情寡义的丈夫，自然是神情有异、心绪不佳。父母关心女儿，最后还是辗转得知了女儿和女婿原来夫妻关系不睦已久。于是劝慰女儿说，夫妻之间没有不吵架的，但是一日夫妻百日恩，嘱咐她养好了身体就马上回夫家去，别让夫君担心。就算是夫君真的和别的女人有了点什么瓜葛，她毕竟是正房，也要大度贤惠些，不要过于较真，伤了夫妻感情。

朱淑真觉得可笑，他们夫妻之间早已徒有虚名各自生活，哪里还有什么感情可言？为什么正房就应该大度贤惠，不要干涉丈夫的情事？作为妻子，没有了丈夫的疼爱，做正房做侧室又有什么区别呢？她觉得自己终归是嫁出去的女儿了，很多事情都跟少女时候不一样了。因为在古代，既然嫁为人妇就要学会委曲求全，一切以夫君为第一，所以她不能再像女儿时候那样倚着父母撒娇，让父母无论如何都要顺着自己心愿去做了。如今，自己已然不再是当年的朱家大小姐，而只是一个外人的妻子，回家省亲而已。与亲人团聚的快乐时光刚过，心中的愁苦再一次不受约束地涌上心头。

她又不能把满心的愁苦全都倾倒给父母。因为这样，除了让父母为她担忧挂怀之外，还是解决不了任何问题。苦闷如她，

满院落花帘不卷
——从诗词中品读朱淑真的爱恨喜忧

只能独自一人吞咽着苦楚,见春伤怀,见秋哀叹。那阕首句由五个"独"字铺排而成的著名的《减字木兰花》就是朱淑真归家后,感时伤情所作就的。《减字木兰花》读起来,似乎已经忧伤到了极致,一步三叹,百转千回,每次笔者读之诵之,心都会骤然抽痛。

在家的这段时间里,朱淑真独行独坐,独倡独酬还独卧,就这样挥笔写下了一首又一首感伤的诗词。如她的《阿那曲·春宵》:

梦回酒醒春愁怯,宝鸭烟销香未歇。薄衾无奈五更寒,杜鹃叫落西楼月。

阿那曲,词牌名,本为七言绝句,唐人以之入乐府。据传说最初是杨太真所作,宋人又把此词牌称作"鸡叫子"。

这首词的情境颇为悲凉。词人刚刚从酒醉中清醒过来,梦已经醒了,春愁涌上心头不知如何排遣,心中感到忐忑不安。宝鸭形铜香炉内的香已经燃尽了,但是香气却还在房间内外萦绕着没有散去。薄薄的被子本来尚能御寒,可是此刻却是五更天,外面寒湿露重,所以薄衾难以抵挡寒气。这句里形容的五更寒,除却自然环境中的寒意,还有一层指代的就是词人的心寒。由于心寒,对外面寒意的体会就更加敏感了。而在如此情境下,她又听见了杜鹃的啼鸣,更加觉得悲凉和愁苦。杜鹃鸟一向在诗词中被用作表现悲伤哀怨的意象,又名杜宇、杜魄或子规。晋代阚骃曾在《十三州志》中有记载:"其后有王曰杜

第七章 千里相思付东流：
一别两宽，各生欢喜

宇，称帝号望帝……望帝自以德薄，乃委国于鳖令，号曰开明，遂自亡去，化为子规，故蜀人闻鸣云：我望帝也。"

因此，杜鹃鸟在诗词中，常被用于渲染悲伤心境。如《唐诗纪事》中引有"望乡台上秦人去，学射山中杜魄哀"，白居易有"杜鹃啼血猿哀鸣"，李商隐有"望帝春心托杜鹃"，后人还有"杜鹃啼落桃花月，血染枝头恨心长"的佳句。词人通过这个意象，把心中的悲景渲染得淋漓尽致，在凄清悲凉的意境中，杜鹃的啼鸣，西楼的孤月，构成一幅孤独清绝的画面，衬托出朱淑真心中挥之不去的哀愁。

再如词人的《秋夜闻雨》三首：

其一
似箭撩风穿帐幕，如倾凉雨咽更筹。
冷怀倚枕人无寐，铁石肝肠也泪流。

其二
竹窗萧索镇如秋，雨滴檐花夜不休。
独宿广寒多少恨，一时分付我心头。

其三
似篾身材无事瘦，如丝肠肚怎禁愁。
鸣窗更听芭蕉雨，一叶中藏万斛愁。

朱淑真这一阶段的诗作中，以伤春和悲秋最为常见。春天

满院落花帘不卷
——从诗词中品读朱淑真的爱恨喜忧

有伤有恨，秋天则柔肠寸断，似乎日月花草在她的诗中全部成了一种悲凉的背景。如同这秋天的雨，在《秋夜闻雨》中就成了让她伤怀的伤心之景。秋天的寒风如同利箭一样穿透了房中的帐幕，秋天的冷雨倾盆而下，似乎在哭泣，在哽咽。在这样孤独的夜晚，外面的冷雨仿佛落在了词人的心里，渗入了她的骨血中，让她感到全身都是挥之不去的寒冷。身处这样的境况，就算是铁石心肠的人也要禁不住泪流满面吧？

在第二首诗里，她写自己窗外的竹子萧索料峭，雨水落在屋檐上，再从早到晚地滴下来无止无休。自己终日独守空房，就像月中的嫦娥终日独自居住在广寒宫一样，没有尽头的孤单滋味只有她心里才最清楚。而末一首作者感叹自己本来纤弱的身体因为终日愁苦而愈发瘦弱，窗外雨中的芭蕉叶就像她的心，幽幽之中暗藏着没有边际的哀愁。

三首凄婉无尽的悲秋诗，朱淑真将自己被丈夫厌弃的愁苦心情写得如此让人心痛。有时候笔者不禁感叹，其实每个人的生活都不完美，男女姻缘之事，从来都由不得自己主宰。慧极必伤，情深不寿。如果眼光不是那么清高，心性不是那么脆弱，也许她的婚姻生活，就会快乐许多吧。

第七章 千里相思付东流：一别两宽，各生欢喜

第二节 冬晴无雪，花开无伴

冬晴无雪，是天心未肯，化工非拙。不放玉花飞堕地，留在广寒宫阙。云欲同时，霰将集处，红日三竿揭。六花剪就，不知何处施设。

应念陇首寒梅，花开无伴，对景真愁绝。待出和羹金鼎手，为把玉盐飘撒。沟壑皆平，乾坤如画，更吐冰轮洁。梁园燕客，夜明不怕灯灭。

又一阕：

鹅毛细剪，是琼珠密洒，一时堆积。斜倚东风浑漫漫，顷刻也须盈尺。玉作楼台，铅熔天地，不见遥岑碧。佳人作戏，碎揉些子抛掷。

争奈好景难留，风僝雨僽，打碎光凝色。总有十分轻妙态，谁似旧时怜惜。担阁梁吟，寂寞楚舞，笑捏狮儿只。梅花依旧，岁寒松竹三益。

——《念奴娇》

满院落花帘不卷
—— 从诗词中品读朱淑真的爱恨喜忧

这两阕《念奴娇·催雪》是朱淑真冬日观雪所作。她咏雪的诗作，在她的浩瀚文墨之中确实不是最出色的。她写风花雪月，无非就是抒发感情，或者信手书就罢了。

且说她归宁之后，父母多次劝她，不要太跟丈夫过不去，身体恢复了就尽快回家吧，以免被夫家指摘错处。可按照古礼，妻子归宁数日之内，丈夫应该登门，一方面给岳父母问安，一方面来接妻子回家，这称作"会亲"。朱淑真赌气独自回家的时候，心里还存了一丝希望，想着也许彻底地和丈夫两地分居一段时间，彼此都冷静冷静，丈夫也许会念着一日夫妻百日恩，借助归宁这个机会与自己重叙旧情。可是她已经归宁数月了，丈夫还是音信全无，根本没有丝毫想挽回的意思。

这次她彻底死了心，对他再没有牵念了。既然丈夫不想来朱家会亲，也不想着接她回去，那她索性就在母家多住些日子吧。再加上在那个时代，朱淑真想要主动与丈夫和离，这个想法实在是惊世骇俗，朱淑真的父母也以不合时宜为由，反对女儿和离。得不到任何回应与支持，这个想法也只好暂时告一段落。

朱淑真彻底心如死灰后，心境反而安静下来了，这大概就是所谓的置之死地而后生吧。时值冬日，不时落雪，她独自站在庭院里欣赏雪景，同时就填成了这两阕《念奴娇》。

"冬晴无雪，是天心未肯，化工非拙。"她认为，在本该下雪的冬日却不下雪，反而晴空万里，这是因为天公不作美，宁愿把雪留在广寒宫中，也不愿意让雪花飘零到人间来滋润山河。只见云雾聚集的地方，日光马上就要透出来了，那精致的六瓣

第七章 千里相思付东流：一别两宽，各生欢喜

雪花不知什么时候才能落到人间。

"沟壑皆平，乾坤如画，更吐冰轮洁。"这一句是她对自身的暗喻。朱淑真沉沦在忧愁和失意中太久了，需要像这样安静下来，看雪满人间，乾坤如画，洗涤心灵，找回自己的一颗灵妙真心。

想起那山丘上的寒梅终日独自开放，没有其他的花儿相伴，她如今对爱情死了心，就又不断想起旧日的丰盛情感。像她这样的女子，岂不正如同枝上独自盛开的寒梅一样，独自开，独自落，不与人争春色，亦不入人眼目？但心中有着念想和支撑，那念想就如同寒夜里的孤灯，始终闪烁着，不会熄灭。

而填出第二阕《念奴娇》的时候，天上正在落雪，朱淑真披着斗篷独立在风雪中，迎着琼珠密洒的雪白，看着玉作的楼台和铅熔的天地，任凭大雪把自己心头的暗色全部淹没。踏过往事的万水千山，她已知道了，人间好景都难以长久，彩云易散，琉璃易碎。所以她希望能放下心中强烈的执念，练就一颗玲珑慧心，不需要他人爱重怜惜，只要像梅花一样，只是自己盛开自己的，与松竹之士为友，共傲霜雪。

朱淑真的诗词作品，不论写情写景抑或咏物抒怀，其心情都是相通相知的。丰富的情感中带着一丝苍茫，把生活中的风物一件一件地描画好了，和着心中的苦辣酸甜，一点一点地注入诗词之中。

从她其他的咏雪诗中也能看出这一点，比如这首《对雪一律》：

满院落花帘不卷
——从诗词中品读朱淑真的爱恨喜忧

纷纷瑞雪压山河,特出新奇和郢歌。
乐道幽人方闭户,高歌渔父正披蓑。
自嗟老景光阴速,唯有佳时感怆多。
更念鳏居憔悴客,映书无寐奈愁何。

这首小诗之中,雪是朱淑真笔下的意象,在更深处,则有着她更深刻的意味。

所谓醉翁之意不在酒,她真正想说的,是在"纷纷瑞雪压山河"的意象之下,对光阴流转、韶华易逝的生命的感叹。安贫乐道的修道人闭关不出,披着蓑衣打鱼归来的渔夫正唱着高歌归家。她独自嗟叹光阴如流水,一去不复归,只有少女时代那三年快乐的东轩伴读时光让她久久不能忘怀。也不知道当年的少年,现在是坐拥娇妻,还是也怀念着她而一个人独居。此时此刻,纵使她无寐之时用诗书来打发时光,也无法让心头淡淡的哀愁离去啊。

这个阶段,她慢慢地安静下来了。也许是生活的风霜太急让她不得不安静。她依然有她的愁怨,但都是淡淡的。她终于能把向外驱驰的那颗心收回来,像昔年一样,静静地临窗读书了。

她还写了三首咏雪诗,况味都十分相似。大抵她这个时候的心境,就像雪压山河一般的冷静吧。

六出飞花四面来,连山接水皓皑皑。
玲珑天地苍茫合,的皪园林烂漫开。
庾岭腊梅寒散乱,章台风柳絮萦回。

第七章 千里相思付东流：
一别两宽，各生欢喜

自言空有孤吟癖，览景惭无谢氏才。

——《咏雪》

凭阑观雪独徘徊，欲赋惭无咏絮才。
盐撒空中如可用，收藏聊与赠羹梅。

——《观雪偶成》

朱帘暮卷绮筵开，风雪纷纷入酒杯。
对景恨无飞絮句，从今羞见谢娘才。

——《赏雪》

  这三首都是赏雪诗，又同时提到了东晋才女谢道韫，并谦虚地说，自己只是有独自吟诗的习惯，而没有像谢道韫那样的只看着落雪便能脱口而出"未若柳絮因风起"这般佳句的才华。可见，谢道韫是朱淑真极为欣赏和崇拜的人。

  谢道韫，字令姜，东晋时人，是宰相谢安的侄女，安西将军谢奕的女儿，也是书法家王羲之之子王凝之的妻子。《世说新语》中记载着她的一个典故：在一个漫天飘雪的冬日，老先生谢安突然兴致大起，指着外面飘飘洒洒的雪问孩子们："白雪纷纷何所似？"侄儿谢朗立即答道："撒盐空中差可拟。"而谢道韫悠然神思后道："未若柳絮因风起。"言出当下就获得谢家人的交口称赞。因为她巧妙地将飞雪比喻成被风吹起、飘扬漫天的柳絮，在平常的景物中注入了自己的联想，便成就了这样一段吟诗偶得的佳话。

满院落花帘不卷
——从诗词中品读朱淑真的爱恨喜忧

而朱淑真则在她的咏雪诗里谦逊地说,恨自己没有谢道韫那样灵妙的思想和比喻,即使对着漫天飞雪,也吟不出像"未若柳絮因风起"这样绝妙的句子。她感到十分惭愧,从此再也无颜面对自己的才名了,因为只有谢娘才是真正的才女。

朱淑真爱梅,而梅和雪一向是冬日中互相成就的,所以她自然也爱冬雪。她深情而感性,喜欢托物言情,以物寓情,所以对梅对雪寄予更深的喜爱也是理所当然的。在她的内心深处,光洁皑皑的白雪已经成为一个意象,那是她身处孤苦境遇中的一道光,虽然也有着刻骨的凉,不过都是为了给她指明那光明的所在。不经一番寒彻骨,哪得梅花扑鼻香。

她站在雪中望雪,冬日的寒意正深,心中的思念正浓。

第八章
秀寒苦悲郎情薄：一地落红，独享清欢

相见真如不见，有情何似无情！一地落红，多少孤寂，多少清冷。生活充满了无常，每一次都在没能准备好的时候，就改换了光景，无法重续流年。

第八章 秀寒苦悲郎情薄：一地落红，独享清欢

第一节 东君情薄，负心难留

黄鸟嘤嘤，晓来却听丁丁木。芳心已逐，泪眼倾珠斛。

见自无心，更调离情曲。鸳帏独。望休穷目，回首溪山绿。

——《点绛唇》

女人是需要用爱情来滋养的。一个女子如若心中无爱，也就没了一切。只因她们的心思太葱郁，性情太缠绵，于是旧愁未去，更添新愁。"芳心已逐，泪眼倾珠斛"，一点都不夸张。世事艰辛，难载深情。

朱淑真既生和离之心，便又给夫君寄去了一封满含离情恨意的书信。

这次，丈夫看过之后是怒不可遏，心想这个刁蛮大胆的妇人，居然又写诗来谩骂讽刺自己。这次他真的是愤怒了，觉得她真是太过分了，作为被他们家娶进门来的媳妇，性格孤傲怪异，不懂得侍奉夫君和翁姑，还生不出儿子，整天只会吟风弄

满院落花帘不卷
——从诗词中品读朱淑真的爱恨喜忧

雪卖弄文才，尽做那些贤妻不该做的事情。而这些，他作为丈夫，都没有跟她计较，已经算是仁至义尽了，但这个妇人居然还一而再、再而三地写诗讽刺自己，不就是有几分诗才吗，难道就是用来做这个的？他几乎怒发冲冠，抄起纸笔就写了一封休书，装进信封准备托人带到钱塘朱淑真的母家，休了这个不堪的女人。

也许朱淑真早就该彻底死心了。她这个夫君就是一个不能脱俗的鄙薄之人，如何能跟司马相如那般才高八斗的大才子相提并论？虽然不愿意承认，可是她的丈夫就是一个俗人，他可没有像朱淑真那样玲珑剔透的一颗心，当然也无法体察她心中那斩不断理还乱的情思和无奈。他们俩的婚姻根本就是一场阴差阳错的谬误。那男子以为，朱淑真嫁给了他，从此便是他一个人的妻，他一个人的私有财产，如何能容得了她有丝毫的反抗之意？

所以他被诗中的悲愤惹怒了，写下了休书要休了朱淑真。但在他拿着休书准备托人捎带的时候，脑子里突然又有了新的想法。那就是，与其休妻，倒不如干脆娶几房美妾回家，让朱淑真也尝尝这被人羞辱的滋味。

刚好几日前有朋友送来了几名歌舞伎。以他的粗浅见识，读不懂夫人作的巧思妙想的诗，倒是深感人生无美酒无美女则难以尽欢。夫人膝下无出，自己原本只是想在外面风流风流，若哪个女子怀上了孩子，再母凭子贵接到家中，最后通知夫人，想必她该自知理亏，也不会反对什么。而今她既然如此过分，写书信羞辱夫君，那就让她尝尝被羞辱的滋味。

第八章　秀寒苦悲郎情薄：
一地落红，独享清欢

绿蚁金樽酒飘香，琴曲悠悠歌飞扬。那鄙薄的官吏做了决定之后，顿感心胸开阔，于是当下就唤那几名歌舞伎上来表演。他半坐半卧在罗汉床上，看舞姬们扭动着诱人的腰肢随乐起舞，那一刻，他忘记了刚才读信的愤怒，只想醉卧在温柔乡中。

接下来就是很老套的故事。朱淑真还在母家抱着幻想，期待夫君能够回心转意再续夫妻恩情，而她的丈夫已经在外地抱着美丽的舞姬，沉沦在风月之中乐不思蜀。只闻新人笑，不见旧人哭，此时她负心的丈夫已经决定纳一个舞姬做妾。最过分的是，他居然还派人传书给朱淑真，通知她速速回家主持婚礼。

朱淑真收到丈夫的信笺打开一看，大失所望，又悲愤又伤心。那个薄情之人常年冷落她不算，居然还想要纳妾，纳妾也就算了，居然还命令她回去一起主持典礼。想当年，她朱淑真秉承父母之命、媒妁之言，被他明媒正娶进门的时候，就是如常人家娶妻过门拜堂而已。而今天他要纳一个歌舞伎做妾，居然还要举行典礼，居然还要她这个正房夫人在场，这不是明摆着要羞辱她吗？

她悲不自胜，独自攥着负心汉寄来的信笺对着窗子泪如雨下。后来朱淑真回忆起少女时代那三年愉快的东轩伴读时光，后悔自己不够果决，没有汉代卓文君跟司马相如私奔的勇气和决心，因此悔恨交加地写下那首著名的《生查子·元夕》。但后世的卫道士们却力证此《生查子》不是朱淑真所作，而是出自大诗人欧阳修之笔。因为在古代，男子休妻乃正常事，但女子若是背叛了夫君，就是牵连家族的大罪。古代的男子，只要求女人们对他们无限忠贞，从不会反省自己的风流无情。

满院落花帘不卷
——从诗词中品读朱淑真的爱恨喜忧

收到丈夫书信的那一夜,朱淑真夜不能寐,泪湿衣枕。可是伦理教条甚严,人言可畏,朱淑真别无他法,只能遂着夫君的意思,默认了他娶一个歌舞伎为妾。从此更是空闺寂寥,静默的夜一日比一日更加漫长,无情的夫君和风头日盛的新妾日日欢好,就像一把刀子狠狠地捅在她的心上。

朱淑真感到自己的身心都要麻木了,她在帐床内倚靠了整整一夜,不曾合眼。东方的天际逐渐亮了起来,窗外传来了两三声黄莺的啼鸣,恍惚间似乎又听见外面有匠人在伐木。她回忆起自己和丈夫新婚宴尔时那段美好却短暂的时光,想着丈夫现在一定是在新妾身畔为她画眉上妆,不等心中无限悲苦,泪水就不断地流了下来。可是她无力改变什么,丈夫现在已经丝毫不眷恋她了。这样想着,她感到意兴阑珊,于是起身抚琴。素手调上琴弦,泠泠音色从她的指尖倾泻而出。可是房间中只有一个抚琴的她,却无人听琴。就算是弹断了琴弦,又有谁人可以听懂她弦上的哀怨和相思?

人的心,总是时而坚定时而犹豫,时而脆弱时而顽强,但又有谁能明白那优雅背后的仓皇和那淡定深处的迷茫?自从看着夫君娶了新妾进门,朱淑真就病倒了。病中的记忆是模糊的,只记得那是一个萧瑟的秋天。虽然作为官家正房夫人的她,身边还是有丫鬟侍女伺候着,但没有一个人可以温暖她的心。她只能日复一日地独自感受着浸入骨髓的冷和撕心裂肺的伤。秋天的风摧残得院中的梧桐都落了叶,那肥沃的土地和深深扎下去的树根是落叶们最后的归宿,可朱淑真的归宿在哪里?没有。她是无根的雪花,是世间的过客,是纷飞的柳絮,是漂

第八章　秀寒苦悲郎情薄：
　　　　一地落红，独享清欢

泊的离人。

爱神是一个巫师，他两次给她下了爱情的蛊，却都是无药可解的。在她人生的书卷里，昨日的温暖还没有散去，今天的寒凉就已仓促地到来。

朱淑真再次把辛酸寄托在诗词中。她写下了《恨春》五首，言辞凄凉，读者断肠，仿佛那润笔的墨是泪水氤氲而成的。

其一
樱花初荐杏梅酸，槐嫩风高麦秀寒。
惆怅东君太情薄，挽留时暂也应难。

这首诗似乎是她的自言自语，道出了她心中深深的无奈。这里的"东君"就是代指他那个薄情寡义的夫君。自己本来还对他怀有希望，希望他可以顾念旧情，再续夫妻情缘。可是他还是怀抱新欢，弃她而去，留她一个人满腹哀伤，无处可倾诉。

其二
一瞬芳菲尔许时，苦无佳句纪相思。
春光虽好多风雨，恩爱方深奈别离。
泪眼谢他花缴抱，愁怀惟赖酒扶持。
莺莺燕燕休相笑，试与单栖各自知。

这一首则是借感叹美妙的春光飞逝，悼念自己逝去的美好韶华。回想那新婚宴尔的时候，夫妻之间还恩爱和谐，那个时

满院落花帘不卷
——从诗词中品读朱淑真的爱恨喜忧

候的自己,还整日苦于没有佳句可寄相思,想努力维持好这段婚姻。而今天丈夫怀中已有了新人,她连夫妻之间相互扶持这样微小的心愿都实现不了,只能独自怅惘。看着花园中的鸟儿们成双成对地飞入飞出,她心中失落,觉得连那些鸟儿似乎都在嘲笑她。所有的景色在她眼中都一致地渲染着悲凉。可以窥见她心中的苦楚,是无比深刻的。

其三

病酒厌厌日正高,一声啼鸟在花梢。
惊回好梦方萌蕊,唤起新愁却破苞。
暗把后期随处记,闲将清恨倩诗嘲。
从今始信恩成怨,且与莺花作淡交。

这一首,词人诉说自己体会到的情爱无常。"从今始信恩成怨,且与莺花作淡交"一句可以看出词人心性的转变。夫妻和谐恩爱的时光,不过短短一段时日,如今他却只想着羞辱她冷落她,再不念一丝旧情。她还不如把一腔柔情托付给花儿鸟儿,也好过给自己那负心的夫君。字里行间透着一种落寞和寒凉。

其四

迟迟花日上帘钩,尽日无人独倚楼。
蝶使蜂媒传客恨,莺梭柳线织春愁。
碧云信断惟劳梦,红叶成诗想到秋。

第八章　秀寒苦悲郎情薄：一地落红，独享清欢

几许别离多少泪，不堪重省不堪流。

在明媚的春光中，词人独自站在高楼上，所看到的，却尽是悲伤之景。蜂蝶飞舞，黄莺啼鸣，杨柳依依，春光正好，这一切本来都是充满希望的美丽春色，此刻在词人眼中皆变悲情。"碧云信断惟劳梦，红叶成诗想到秋。"碧云信断，只能期盼在梦中相会。红叶则是一个历史典故。据传说唐宣宗的时候，有一天，一个叫卢渥的文人出门办事，路过皇宫墙外的护城河，刚好河水中漂着一片红叶。卢渥就把它捡拾起来，发现上面还题着一首诗："流水何太急，深宫尽日闲。殷勤谢红叶，好去到人间。"

卢渥心想着一定是某位宫人作的，于是私下里把这片题诗的红叶收藏起来。后来宫女在宫中服侍年满，皇帝放她们出宫嫁人，其中一个宫女就被许配给卢渥为妻。婚后某日，卢夫人不经意间发现了丈夫收藏的这片红叶，正是自己当年在宫中做宫女百无聊赖的时候，题诗并放入水中，让它漂流出去的那一片，她大感惊讶。后来此事传为一段佳话，都说卢渥和卢夫人乃天作之合。

从朱淑真引用的这个典故可以看出，很明显她是在思念一个人。而这个人不会是她负心的丈夫，那大抵就是她心中一直无法忘怀的吹箫少年了。她咏叹说，如果自己也能在红叶上题诗，然后遇到一个知心人该有多好。只可惜，自从当年少年进京赶考再不曾回来之后，她便承受离别之苦，不知流了多少泪水，伤了多少心怀。如今想来，真是不堪回首。

满院落花帘不卷
——从诗词中品读朱淑真的爱恨喜忧

其五

一篆烟销系臂香,闲看书册就牙床。
莺声冉冉来深院,柳色阴阴暗画墙。
眼底落红千万点,脸边新泪两三行。
梨花细雨黄昏后,不是愁人也断肠。

第五首写的则是春日最繁盛的时光里,莺声冉冉,柳色阴阴。园中落花满地,自己独处房中,看着这盛开过了已经开始凋零的花儿,不禁悲上心头,流下三两行泪水,既是祭奠花儿,也是祭奠自己逝去的青春年华。入了黄昏,外面更是飘起了细雨,梨花花瓣随着雨丝也纷纷飘落,更显凄凉。面对这样悲伤的春景,就算是心中没有怀着愁绪的人,见到了恐怕也会伤感断肠啊。

朱淑真终归是柔弱的。就像湖水中的小船,尚未解开缆绳,就已被风雨吹打得迷失了方向。既然命运不让她做一个幸福的女子,那就做一个柔肠百转的文人吧,躲在长日冷清的房帷之中,酝酿几阕清瘦的相思词。其实她是一个对爱情有着太多期待、太深执念的女子,只是生活中有着太多始料未及的阴差阳错和难以言说的深深无奈。她是一个才华横溢的女子,是一朵为爱飘零的梨花,用她冰雪般的人格抒写心中的情感,采撷那相思的红豆。

由爱生忧,由爱生怖。若离于爱,何忧何怖?

第八章　秀寒苦悲郎情薄：
一地落红，独享清欢

第二节　苦挨寂寥，恨泪清瘦

曾听过一句话说，悲伤的时候，若你想快一些从悲伤里走出来，又难忍时光走得太慢的话，那你就跑起来，把悲伤甩在身后。

但这不过是当事人一厢情愿的想法罢了。就像天上下着大雨，纵使你拼命奔跑也无济于事。倒不如放下心中牵念，像苏东坡一样，何妨吟啸且徐行，也许反能寻到另外一番光景。心中的苦难，就如同两人之间的缘分一样，无法捉摸，也说不清楚。在你无心之时，也许会有意料之外的相逢，在你不惜一切想要维持的时候，却不得不接受命定的分离。所以说，如果爱上了一个人，迷恋上了一件事，就一定要努力去争取，不要让缘分在等待中荒芜了彼此。其实，很多事情在经历之后才会懂得，身处这尘世的十丈软红之中，并没有化不开的恩怨情仇。荣辱幻灭，都只需要一转眼的工夫，曾经在意的，曾经惧怕的，看到了底，不过都是平常事而已。

自从丈夫娶了新妾进门，朱淑真就陷入一种恍惚的状态之中无法安静下来。身边是自己的丈夫和另一个女人整天在恩恩爱爱，而自己却一日日独守空房，苦挨着这寂寥的时光。她的

满院落花帘不卷
——从诗词中品读朱淑真的爱恨喜忧

心性又无法安定了,时而怀念那三年丰盛的东轩伴读时光,时而感伤当下的无奈处境,时而又没来由地担忧未来的结局。她一再跌进爱情的旋涡,又怎么能不日日清瘦下去?人若动了真情,就像在瞬间射出一支利箭,永远没有回头路可走。若不能射中心中爱人的心,就只能让自己生不如死。

可想而知,朱淑真的心会有多么悲凉。但自古女子,嫁鸡随鸡嫁狗随狗,朱淑真亦不能例外。此时此刻,她悔不当初,欲哭无泪。心中对那本来不知身在何处的吹箫少年愈发思念,然而思念却无法能解,唯有泪水长流,一腔幽怨无处诉说,只能流诸笔端,写下了两首《愁怀》:

其一
鸥鹭鸳鸯作一池,须知羽翼不相宜。
东君不与花为主,何似休生连理枝?

其二
满眼春光色色新,花红柳绿总关情。
欲将郁结心头事,付与黄鹂叫几声。

在第一首诗中,朱淑真表达了心中深深的愤恨,言辞犀利而激烈,可见她对夫君不仅在外面寻花问柳,甚至还把那歌舞伎出身的女子娶回家来是何等忍无可忍。她和丈夫本来就不是一路人,性格志趣各不相投,就如同鸥鹭和鸳鸯一般,两种鸟儿根本无法待在一个池子里,不然就乱了纲常失了本性。既然

第八章　秀寒苦悲郎情薄：
一地落红，独享清欢

丈夫不想跟她重叙旧情好好生活，那不如就不要在一起，强凑在一块儿也不会有什么幸福可言。

后面两句，同时也是朱淑真对丈夫的悲情诘问。东君原意是太阳神和司春之神，此处指代她薄情寡义的夫君。她责问他，既然他根本就是一个无情无义的负心汉，从来只知新人笑，不见旧人哭，既然他都能对自己如此寡情寡义，那为什么还要共结连理？意义何在？

时光飞逝，岁岁年年，付出了一颗真心和大好的韶华，其实朱淑真想要换取的，不过是一段和谐的感情。可她经历的两段感情，如同两道枷锁，彻底地束缚了她的灵性和自由。她一定也未曾料到，原来对感情的满心期待，最终换来的就是这样的伤痕累累。

最初她心中怀念着自己曾为之伴读三年的"萧郎"嫁到夫家，她觉得这只是为了尽人伦孝道而委曲求全，并没有投入太多的真心。可是女人遇到了爱这个东西，总是不能自主的。她没有打算付出真心，却还是全心全意地投入进去了，再次掉进了感情的泥淖，可这一次的结果比上一次更加令人黯然神伤。如今，花心丈夫的常年冷落，和家里那个歌舞伎出身的新妾，让她成了真正的弃妇。丈夫给她的伤害，比当年那个少年更加深刻。当年那少年至少还给过她三年和谐美好相依相随的时光，而丈夫不仅冷落她，还想尽办法羞辱她，这怎能不让她心寒？

可叹世间情爱之事实在无常，曾经无比恩爱如胶似漆，如今却化作对彼此的怨恨，像一枚尖利的毒刺，深深地刺进朱淑真的心里。可是她根本无处可以倾诉，即便是跟父母说，父母

满院落花帘不卷
——从诗词中品读朱淑真的爱恨喜忧

除了替她担忧,或者劝慰她要大度一些之外,也还是无能为力。毕竟对于南宋时候的文人官家而言,狎妓娶妾基本就是一种风气,官员名士都乐于怀抱红粉佳人互相攀比。所以朱淑真的丈夫纳妾,根本就不足为外人道,她只能独自吞咽这种怨恨和愁苦。

整日看着夫君流连于花前柳下,多愁善感的朱淑真,心中一腔浓酽的情意无人寄托,整日意兴阑珊,心中的寂寥一日比一日更加张狂。房中的鸳鸯帷帐上,绣着两只恩爱嬉水的鸳鸯,本来是赞美人们的爱情情比金坚的,如今却空余寂寥。那华美的锦绣图案看起来像是讽刺,她的心早已迷失,找寻不到那可以让她停泊的水岸。

转瞬间便过了几个月,夜空中的月亮再一次圆了,中秋佳节翩然而至,自己却仍然形单影只。在天空中照耀了千百年的月亮依旧是那么圆满,那么圣洁,而她的心,却一次一次在命运的股掌之间被揉成灰烬。只有一件事没有改变,那就是她始终是个才情冠绝的女词人,将散落成珠的文字串成华美哀伤的诗词文章,是她现在唯一的寄托。她以情感为针,引上岁月变迁的丝线,记载生命中的人情岁月和世事风霜。在朱淑真看来,文字是隽永的,它能替你记住你所有的前尘和往事。几阕诗词,写尽心中血泪,而她那无言的哀思,也随着那一纸墨痕的轻轻笼罩,寒意顿生,深深浸入心中,仿佛外面正是山雨欲来的天气。

雪压庭春,香浮花月,揽衣还怯单薄。欹枕裹回,又听一声乾鹊。粉泪共、宿雨阑干,清梦与、寒云寂寞。除却。是江

第八章　秀寒苦悲郎情薄：
一地落红，独享清欢

梅曾许，诗人吟作。

长恨晓风漂泊。且莫遣香肌，瘦减如削。深杏夭桃，端的为谁零落。况天气、妆点清明，对美景、不妨行乐。拌著。向花时取，一杯独酌。

——《月华清·梨花》

月华清，词牌名。此词只有一体，宋、元人俱照此填。双调九十九字，前段十句五仄韵，后段十句六仄韵。朱淑真此阕，起调便文采华美，皎洁清远，如梦如幻：在皎洁的月光下，词人独自站在庭院之中，看一树树洁白如同冬雪的梨花映衬着暮春的庭院，放眼望去，入目皆是洁白如冰雪的梨花，到处充溢着梨花那清淡的芬芳，皎洁的月光流泻下来，与梨花相互交映，人的心瞬间也如同冰雪一般洁净起来。心中的思念和哀愁越过一道道防线涌上心头，刹那间却又被漫天飘散的花瓣淹没了。"揽衣还怯单薄"一句，活灵活现地勾勒出了一个娇弱的女子弱不禁风、楚楚可怜的样子。房间中，她孤身一人，夜不成寐，斜倚床榻和衣而卧，辗转难眠之际，听见窗外忽然传来一声喜鹊的啼鸣，清爽响亮。乾鹊是喜鹊的别名，只因为喜鹊这种鸟儿其性好晴，其声清亮，故有此称。

"粉泪共、宿雨阑干，清梦与、寒云寂寞"，描述闺中孤独的女子心中思念情郎，默默流泪，伴着外面淅淅沥沥的夜雨声，恍惚如梦，寂寞如春寒般清冷。

"长恨晓风漂泊。且莫遣香肌，瘦减如削"，这一句是写词人心中暗恨自己的良人常年漂泊在外，不知所踪，让自己日日

满院落花帘不卷
——从诗词中品读朱淑真的爱恨喜忧

相思，日日清瘦，身心俱疲，十分惆怅。而"深杏夭桃，端的为谁零落"此句一语双关，表意是指暮春时节，盛开过了的杏花桃花已然凋零飘落，深意是暗示自己因为长期处于迷惘痛苦和对不归离人的思念之中，如花般的美好容颜和青春韶华正在慢慢消损，一去不回。

"况天气、妆点清明，对美景、不妨行乐"，这一句是词人在劝慰自己宽心，既然无法改变境遇，那就想办法让自己看开一点，及时行乐。正是清明过后的美好时节，不如端一杯美酒，对着满院离花，自斟自饮，又何尝不是一种境界呢？

梨花在诗词意象中代指眼泪。所谓"玉容寂寞泪阑干，梨花一枝春带雨"，即是形容唐杨贵妃哭泣时候楚楚动人的姿态。而梨又是个谐音字，通"离"。梨花，离花，有见梨花思离人的含义。这阕词的格调是如此华美凄凉，似乎是从朱淑真的心里流淌出来的。在夜阑人静的春夜里，淑真孤枕难眠，连喜鹊的啼鸣都让她惊心。无边无际的孤独自心中汩汩流出，在这安静的夜晚漫成了一场荒洪，淹没了一切。

与不爱自己的夫君勉强相守，日日看着他流连在别的女人的帷帐之中，朱淑真心中的绝望和羞辱感被不断放大，大到要吞噬掉胸中那颗冰凉的心。所以雪庭压春，女儿悲泣，夜深花正寒。

朝来带雨一枝春，薄薄香罗蹙蕊匀。
冷艳未饶梅共色，靓妆长与月为邻。
许同蝶梦还如蝶，似替人愁却笑人。

第八章 秀寒苦悲郎情薄：
一地落红，独享清欢

须到年年寒食夜，情怀为你倍伤神。

——《梨花》

这是朱淑真另外一首咏梨花的诗，七言律诗。情境依然清丽，感情依然深厚。梨花也是高洁的花，与梅花共色，与银月为邻。而且，这朝来带雨的梨花颇通灵性，竟然好像知道人的心情一般，似乎在为她哀愁，又似乎在笑她痴情。又到了一年寒食节，无人在身边陪伴，只有梨花寂寞盛开，让词人心中的愁苦愈发浓厚了。

而读到末句的"寒食夜"，笔者不禁想起一桩遥远的传说来。相传在春秋时代，晋献公病逝后，由于没有指定继位的太子人选，晋国发生内乱，诸皇子争夺皇位。晋献公的宠妃骊姬为了让自己的儿子奚齐继位，就设毒计谋害太子申生，申生被逼自杀。申生的弟弟重耳，为了躲避祸害，流亡出走。

在流亡期间，重耳的生活万分艰辛，最开始信誓旦旦要跟着他共患难的臣子们都纷纷离去，只剩下少数几个忠心耿耿的人，一直追随着他。

一日，重耳流亡到卫国，在一片山林之中，饥肠辘辘，饿晕了过去。随从中有一个忠心耿耿的人，名介子推。介子推为了救重耳，从自己腿上割下了一块肉，用火烤熟了送给重耳吃。重耳狼吞虎咽之后才想起来问这肉是从哪里来的，身边的臣子们据实相告，说是介子推从大腿上割下来的。重耳大惊，泪如雨下。

重耳流亡了十九年，后来终于复国，成为晋国国君，是为

满院落花帘不卷
——从诗词中品读朱淑真的爱恨喜忧

春秋五霸之一的晋文公。晋文公执政后,对那些和他同甘共苦的臣子大加封赏,唯独忘了介子推。有人在晋文公面前为介子推叫屈。晋文公猛然忆起旧事,心中有愧,马上差人去请介子推上朝受赏封官。可是介子推气节高华,不慕名利,已经带着老母隐居绵山,文公派人礼请多次,介子推皆辞去不受。文公求之不得,便火烧绵山逼其出山。但介子推心意已决,宁死不从。

大火烧了三天三夜,整座山都要烧荒了,可终究不见介子推出来。晋文公命令御林军入山搜索,发现介子推和母亲已经死在一株大柳树下面。文公潸然泪下。安葬遗体的时候,他发现介子推用身体堵着一个柳树树洞,洞里好像有什么东西。文公取出一看,原来是片衣襟,上面题了一首血诗:

割肉奉君尽丹心,但愿主公常清明。
柳下作鬼终不见,强似伴君作谏臣。
倘若主公心有我,忆我之时常自省。
臣在九泉心无愧,勤政清明复清明。

文公读完血诗,感动泪下,于是将这片衣襟藏在衣袖中,日日以此自勉。因悔恨放火烧山逼死了忠臣,于是他伐了一段烧焦的柳木,到宫中做了双木屐,每天望着它叹道:"悲哉足下。""足下"是古人下级对上级或同辈之间相互尊敬的称呼,据说就是来源于此。后来,晋文公还下令把绵山改为"介山",在山上为介子推建立祠堂,并把这一天定为寒食节,晓谕全国,每年这天禁忌烟火,只吃寒食。发展到如今,就是每年农历四

第八章　秀寒苦悲郎情薄：
一地落红，独享清欢

月的清明节。

每每读到这样大义又凄怆的传说，心里总是有一丝怅惘。朱淑真对待感情的心思，怕也是浓郁若此吧，可惜命运薄情，载不动她的一腔柔柔情意。

相见真如不见，有情何似无情！

时光如水，岁月悠悠，从来痴情女子无数。

第三节　卷帘无语，只怕春寒

办取舞裙歌扇，赏春只怕春寒。卷帘无语对南山，已觉绿肥红浅。

去去惜花心懒，踏青闲步江干。恰如飞鸟倦知还，澹荡梨花深院。

——《西江月》

朱淑真写四季景色的诗词当中，伤春和悲秋的占大多。若是写到冬天的寒风料峭冰雪楼台，她倒反而冷静下来。也许相比较而言，对着春天的生机和秋天的肃杀，会更容易让她苦心伤怀吧。

这阕《西江月》的意境，颇得易安居士真传。李清照生于

满院落花帘不卷
——从诗词中品读朱淑真的爱恨喜忧

朱淑真之前,同为宋朝的女才子,想来朱淑真对李清照也是极为钦佩欣赏的。

但朱淑真的诗词和李清照的作品还是有诸多差别的,这也许是因为二人的家庭出身和婚姻际遇不同。李清照毕竟还和赵明诚有过几年吟诗唱和夫妻恩爱的美好时光,而朱淑真想求得一个有诗才的夫君,却终不能得。后来李清照经历家国之变,丈夫赵明诚早逝,她一人孤独飘零。此后她诗词的风格才渐渐地与朱淑真相近,皆是沉郁哀怨的文风。可要细细说来,到底还是有不同之处,那就是让她们两人伤怀的,一个是深爱的夫君,另一个却是未亡的负心汉,所以李清照的文字处处弥漫淡淡的哀愁,朱淑真的文字却字字悲凉断肠。

李清照在词中填:"窗前谁种芭蕉树?阴满中庭,阴满中庭,叶叶心心,舒卷有馀情。"

朱淑真则在诗中写:"芭蕉叶上梧桐里,点点生生有断肠。"

李清照写:"倚遍阑干,只是无情绪!人何处?连天衰草,望断归来路!"

朱淑真则写:"十二阑干闲倚遍,愁来天不管。"

李清照在《怨王孙》中吟:"又是寒食也。秋千巷陌人静,皎月初斜,浸梨花。"

朱淑真就在《生查子》中叹:"寒食不多时,几日东风恶。无绪倦寻芳,闲却秋千索。""不忍卷帘看,寂寞梨花落。"

而题首这阕《西江月》亦是如此。那句"卷帘无语对南山,已觉绿肥红浅",显而易见是受了李清照《如梦令》中"知否?知否?应是绿肥红瘦"的影响。

第八章　秀寒苦悲郎情薄：
一地落红，独享清欢

这里朱淑真独自赏玩春景，感受到初春料峭的寒意，看落花被寒风挟持，飘零落下，不禁心生怜惜之意，又不禁动心感慨自己的身世，觉得人生本就并无几年好时光，生活还处处风刀霜剑严相逼，心下悲凉，想如今的自己跟那落花是一样的，自我怜惜之心便油然而生。

何岁逢春不惆怅，何处念情不可怜。她怕看见春天，也怕再次想起那些快乐的时光和伤心的句子，似乎经历了一场倒春寒，连骨子里都是冰凉凉的。可偏偏还是忍不住要去流连，看那转瞬而过的繁华，像极了一场寂寞孤清的梦境。梦是虚幻无踪的，可她心里的苦是真实的。如今身边再无那个人陪她共赏这黄梅细雨，只剩一地落红如相思的闲愁。

朱淑真就如同一个逆旅的行人，走得越远，就越艰辛。试想一个女子，倚门远望，寻觅着自己的方向，却永远看不到熟悉的风景，这岁月，她只能独自凄凉了。朱淑真就是这样的一个人，她在繁华中独自落泪，在寂寞中独享清欢。如今自己在夫君心中已没有丝毫地位，自己也对丈夫死了心思，与其整天看着丈夫和那小妾出双入对，不如自己吟吟诗填填词，对着铜镜微笑，回忆一下昔日的幸福。

原来，心中藏着一个思念的人时，每分每秒都是挥之不去的沉重。

朱淑真是一个对爱情有着热烈追求的女子，一生都在期待上天能赐给她一个良人，从此夫妻和美，恩爱到白头。这样的一个女子，如何能忍受无德无才的庸俗夫君整日不务正业不习诗书，只会沉湎酒色日夜狎妓？可她深知自己生为女子，生不

满院落花帘不卷
——从诗词中品读朱淑真的爱恨喜忧

逢时,即便哀怨至死也没有用,所以就吟风颂月,顾影自怜,纵使心存不甘,也只有徒自叹息而已。

在无尽的孤独中,她作了《秋夜》二首来倾诉心中的愁思:

其一

夜久无眠秋气清,烛花频剪欲三更。
铺床凉满梧桐月,月在梧桐缺处明。

其二

凉天如水夜澄鲜,桂子风清懒去眠。
多谢嫦娥知我意,中秋未到月先圆。

朱淑真和丈夫的夫妻关系名存实亡后的这段时间,她所做的诗词中,忧思和愁绪俯拾皆是。词人在秋风萧瑟的寒夜里,拥着单薄的锦被,难以入睡。夜深人静,百无聊赖,万般无奈之中,她只好起身坐在窗边剪烛花来消遣,剪着剪着,不知不觉已经到了三更时分。外面月轮高挂,皎洁的月光透过梧桐树的枝叶缝隙斑驳了一地细碎的光影,月色与梧桐树影交织着倒映在床上,更加衬托了她空房的寂寥时光。

而第二首中,她说夜色如水,澄净清凉。晚风夹带着桂树的清香吹进房间,词人没有睡意,于是和衣坐在床边望月。而此时的月亮似乎也懂得她的心思,还没有到十五之日便圆满了,似乎是月中的嫦娥知晓她孤枕难眠,所以特地来陪伴她,让她的孤独能消散些许。

第八章　秀寒苦悲郎情薄：一地落红，独享清欢

多少孤清，多少寂寥，都藏在朱淑真的字里行间。她是个如此多情的女子，即便是本不该过于用心的情感，也在她的心中留下了太深的印记，任凭岁月铺卷而来，还是无法忘怀。也许每个人的心中都留存着一些旧事，但回忆只能作为生活中的点缀，却不可作为生活中的全部。朱淑真，她是红尘中的一株行走的花，即便经历过生死幻灭，在春天到来的时候，心中不曾枯萎的根还是会发芽。这位才女需要心灵深处的交谈，在她的经历中，只有少女时代的那个少年曾给过她丰盈的感情，可她却无法主宰自己的情感，也掌控不了自己的命运。那个远去的吹箫少年，是她内心最深处永远珍藏的风景。

爱情就是传说中的那只荆棘鸟，它一生只唱一次歌，一曲终了，便是死亡。

第九章
长相思声声断肠:一见倾心,一生牵心

冷夜香消,断肠芳草,眼底离愁深。可有些人已经是刻骨铭心的存在,纵然心乱如麻,依旧期待着人生若只如初见。

第九章 长相思声声断肠：一见倾心，一生牵心

第一节 忆时情起，一往而深

玉体金钗一样娇，背灯初解绣裙腰。衾寒枕冷夜香消。
深院重关春寂寂，落花和雨夜迢迢。恨情和梦更无聊。

——《浣溪沙》

朱淑真当真是一个柔情而又多情的女子。从这阕《浣溪沙》中就可以看出，她是多么需要美好爱情的滋养，却始终得不到。这大抵就是她的难言之痛和至苦之情。但她没有选择把一切都深埋在心里，而是选择了用诗文来倾诉。这个女子是这样惹人心疼，她有如此才情，又有天仙般容貌，偏偏就不得上天眷顾，只好把心中的苦和着血泪落笔为诗。在滚滚红尘中，她清醒得残酷。

这首词的上片，大有晚唐花间词的意味，却还是其断肠词的风格。"玉体金钗一样娇，背灯初解绣裙腰"，描写得真是足够香艳。想来这应该就是她初嫁的时候，与夫君初夜春宵的情

满院落花帘不卷
——从诗词中品读朱淑真的爱恨喜忧

景。她那个时候，年方十九，初通人事，在丈夫面前自然是娇羞可人、惹人爱怜的。青春气息饱满的身体和发上精雕细琢、做工考究的金钗一样娇美，洞房花烛夜，在大红的烛光下，少女背对着夫君，娇羞地转过身去，忐忑不安地解开了自己嫁衣罗裙的腰带，与夫君共度美好的一夜。可恨那时光过得如此之快，短短三年不到的时光，那负心的丈夫就厌倦了她，转投到别人家的温柔乡去了。从此，朱淑真只能在时光的流逝中，夜夜孤枕难眠，就这样度过一年又一年。如今她每每想起他便觉心寒，日复一日，都凉到了骨子里。

而词的下片迅速转折。时间证明朱淑真所托非人，还是被那负心的男子抛弃了，她带着幽怨和冲动回到母家，希望夫君能迷途知返，却未承想自此才彻底寒了心。丈夫心中早已没有她了，他不仅不念旧情，更要羞辱她。于是她的心死掉了，在寂寂重关中，她一边看着凄凉的雨景伤心，一边因为落雨又回忆起心中的檀郎，心想如果他们还在一起，今天他一定不会厌弃她，她一定还是个幸福的女子。可是纵使思念，却无处寄托，她只能困守在西楼之上，终日孤独度日，见景伤怀。

回忆是一种剧毒，用不好会置人于死地。转眼，岁寒凋落，她早已不是当年的少女。一切都变了，只有她对他的思念没变。当年的娇憨样子历历在目，成了最惹她凝眸的三秋桂花，她要把它采摘下来酿成美酒，酥到骨子里。

那个负心的丈夫在朱淑真的心中彻底死去之后，活在她心中的就只剩下昔日的少年了。所以，这段时间里的朱淑真，写了许多诗来回忆少年和那三年情深义重的东轩伴读时光。比如

第九章 长相思声声断肠：
一见倾心，一生牵心

她写的这两首《秋夜杂书》。

其一
雨过凉生枕簟秋，楼头新月挂银钩。
且无挥扇劳纤手，恰好添香伴酒瓯。

其二
窗外蛩吟解说秋，迢迢清夜忆前游。
月华飞过西楼上，添起离人一段愁。

雨后天晴，微微地带着凉意，楼阁上面升起了弯弯的新月。感受着雨后清新的夜，词人不由得想起自己尚未出嫁的时候，时常在家中的水阁读书玩耍，那个时候，像这样的天气，她一定是在纱橱的竹凉席上和衣读书的。而今孤独自处，因为不受丈夫爱重，身边连个持扇的丫鬟都没有了。那就不劳别人动手，自己拿着酒瓯对月自饮，何尝不是一种情趣呢？

而第二首中的"迢迢清夜忆前游"则可以明显看出是她怀念心中檀郎而作。写的是她独自追忆当年和他一起雨中游西湖的光景，道出了两人曾经一起共度的美好时光。也许是因为朱淑真在感情上受过诸多波折，她后期的诗词益发比少女时代的诗作要明丽浓酽，读起来情深义重，令人唏嘘感怀。诚如她过世后，宋人魏仲恭在《断肠诗词序》中对她的评价："清新婉丽，蓄思含情，能道人意中事，岂泛泛者所能及，未尝不一唱而三叹也。"

满院落花帘不卷
——从诗词中品读朱淑真的爱恨喜忧

后来她还写有两首《伤别》怀念她的檀郎。

其一
览镜惊容却自嫌,逢春长尽病恹恹。
吹花弄粉新来懒,惹恨供愁旧日添。
生怕子规声到耳,苦羞双燕影穿帘。
眉头眼底无他事,须信离情一味严。

其二
双燕呢喃语画梁,劝人休恁苦思量。
逢春触处须萦恨,对景无时不断肠。
寒食梨花新月夜,黄昏杨柳旧风光。
繁华种种成愁恨,最是西楼近夕阳。

这第一首诗中,未见直言断肠,然句句是断肠之味。第一首"览镜惊容却自嫌,逢春长尽病恹恹",是说自从她被负心的丈夫厌弃之后,长日孤单无聊,伤心伤身,有一日对着镜子看自己的时候,发现本来娇美的容颜已经变得如此憔悴了,不禁心下大惊,看着自己的恹恹病容,觉得自己都有些嫌弃自己了,何况他人了。但尽管如此,也还是提不起心力来对镜梳妆,只能放任自己沉湎在旧事和愁苦中无法自拔。曾经听说,越孤独的人,就越惧怕孤独。她害怕听到杜鹃鸟啼鸣的声音,也不愿意看到屋檐下的燕子双双对对地飞来飞去,因为这些情景,对于旁人来说可能是美好的,可是对于她来说,就只能让她更加

第九章　长相思声声断肠：
一见倾心，一生牵心

注意到自己终日形单影只，无人怜爱。日复一日，眉头和眼底的心事只有一件，那就是恨离别，思念那不知所踪的情郎。

第二首的意境更加悲伤。她继续写屋檐下双双对对飞进飞出的燕子，并且劝慰自己不要过于多心，见景生情。可是自己的性格是如此多愁善感，见春伤春，遇秋悲秋，看到什么景物都会引起断肠之伤。而第三句"寒食梨花新月夜，黄昏杨柳旧风光"中铺排的诸多情景和意象，不管是寒食节、梨花、月夜还是黄昏、杨柳、旧日风光，皆含悲情，或伤寂寞，或伤离别。而今种种繁华已成空，最值得珍藏的过往记忆，大概就只有在西楼度过的时光了。

朱淑真这个阶段的很多诗作中都提到了"西楼"这个地方。比如《秋夜杂书》的第二首中"月华飞过西楼上，添得离人一段愁"，《春词》中的"人间何处无春色，只是西楼人未归"，《阿那曲·春宵》中的"薄衾无奈五更寒，杜鹃叫落西楼月"，再如这首诗中末句的"最是西楼近夕阳"。所以笔者猜测，这里的"西楼"大抵就是和朱家的"东轩"一般，都是留下了朱淑真和吹箫少年美好回忆的地方。而她之所以说"最是西楼近夕阳"应该是因了唐代李商隐的"夕阳无限好，只是近黄昏"之句，表达时隔多年，世事变迁，可存在她心中不曾变化的最美回忆，就是当年和少年一起在西楼度过的时光。

这西楼和东轩是相似的。曾经都是洒满了快乐和羞涩恋情的地方，是和少年一起赏花吟诗、月下抚琴的地方，可在如今看来，却成了让人见之生恨的伤心之处。

如这般执着的深情，用元代汤显祖写在《牡丹亭》题记里

满院落花帘不卷
——从诗词中品读朱淑真的爱恨喜忧

面的话来形容,就是:"情不知所起,一往而深,生者可以死,死者可以生。生而不可与死,死而不可复生者,皆非情之至也。梦中之情,何必非真,天下岂少梦中之人耶?必因荐枕而成亲,待挂冠而为密者,皆形骸之论也。"

是啊,难道一定要男女同床共枕了才算是爱情,难道一定要等到挂冠辞官之后才觉得安全吗?那不过都是表面现象而已啊!

真正的深情,是说不破的,因为无处开口。只有那些浅尝辄止的人,才会说破它。

第二节 花径飘零,扰乱寸心

倦对飘零满径花,静闻春水闹鸣蛙。
故人何处草空碧,撩乱寸心天一涯。

——《暮春有感》

在寂寥无边的时光里,朱淑真觉得自己就像一只老去的秋蝉,被风烟带走了青春的容貌,被岁月褪去了华丽的衣裳,带着伤痕在风中独立,等待命运带给自己的最后荒凉。

被丈夫厌弃冷落的朱淑真,因为不受夫君爱重,连家中的

第九章　长相思声声断肠：
一见倾心，一生牵心

丫鬟婢女对她都冷眼相视，反而服侍那个小妾比服侍她这个正房夫人还要尽心尽力。后来，朝廷又下发了新的调令给她的丈夫，这次那个负心的男子根本没有通知她，自己带着小妾启程赴任去了。朱淑真是在丈夫离开后数日，才听到这个消息的。

朱淑真已经悲哀到笑了出来，原来丈夫对自己的厌烦竟然到了这样的程度。她何等清高，如何能忍受这种待遇？反正自己在夫家也没有指望了，那还不如回到母家，总不至于如此堵心。这一次她甚至没有请求夫君的允许，她觉得已经没有这个必要了，反正他早已不把她当成自己的妻子。经过思虑，朱淑真愤然书就绝情书一封，书中历数了丈夫种种无情无义之举，提出断绝夫妻恩义。她留下了这封绝情书，便自己做主，动身回了钱塘朱家。

如她所料，对于她的离去，丈夫的反应基本上可以忽略不计。也许他早就嫌弃她留在家里碍眼了，如今她回了母家，自己反而更加自由清静了。

对于这封绝情书，她的丈夫一直没有任何反应，或许他早就不在意朱淑真的一切了。至此，他们的夫妻关系名存实亡，甚至比陌路人还要生疏。

对于朱淑真和丈夫的关系彻底崩溃，并且还是朱淑真主动提出断绝恩义的这个结果，朱家父母也非常不满。毕竟朱家也算个大户人家，对自己女儿的管教一向是很传统很规矩的。如今女儿嫁为人妇数年，还是处理不好和夫家的关系，丈夫没有休弃她，她居然石破天惊地写了绝情书给丈夫，这不就是她休弃了自己的夫君吗？这在当时那个年代，可真是一个热闹的新

满院落花帘不卷
——从诗词中品读朱淑真的爱恨喜忧

闻,是要在街坊四邻传为笑谈的——笑朱淑真身为人妇却不守妇德,笑朱家的千金大小姐居然是个悍妇,胆敢做出休弃丈夫的举动,连带着指摘朱家教女无方。街坊邻间更有传言,说朱淑真其实还是被休弃的,虽然没有休书,却也是被赶了回来,这不就是变相的休妻吗?而朱家这位大小姐恼羞成怒,于是倒打一耙,写绝情书也休了丈夫。还有说朱淑真经常和别的男子私会,后来被丈夫撞见,就把她休掉赶了回来,而她毁掉了休书,反而写了绝情书给丈夫。总之各种传言纷至沓来,所有人的目光都盯住了朱家和朱淑真。

对此,朱淑真从不辩解,回家之后的她,整日闲坐在西楼之上,饮酒填词,赋诗观景。此时此刻,她只后悔自己当初遂了父母之意嫁给了那个薄情寡义的夫君,若早知是这样的结果,还不如从一开始就为心里的那个他尘封自己的心。世间这么大,可能懂得你的人又有几个呢?她的情怀,除了这些年始终念念不忘的少年,世间再难有人懂得。如今的她,生活的意义就是把那三年的美好浓缩在心里,永生怀念。

经历过这些,她看透了,那些跟你没关系的人,就是没关系的,永远都不会有什么真正的交集。从认识的第一天开始,就该知道,就算是你费尽心思、用尽力气去经营这段关系,还是维持不好;而那些与你有关的,就是与你有关,你想逃也逃不掉,就算你们生平只相见过一次,就算你们之间隔着天涯海角。如今,朱淑真的心只为那个少年而守,她宁可负尽天下人,也不再委屈自己的心。她就像这世间许多痴情的女子一样,决定为情坚守自己的誓约,从此不畏人言,一往情深,忠心不渝。

第九章　长相思声声断肠：一见倾心，一生牵心

所以，她日日独坐西楼，把心中的悔恨和怀念写成大量的诗，来缅怀心中的檀郎。《暮春有感》就是其中之一。

这是一首弥漫着淡淡春愁的诗。经历过情变和婚变的朱淑真，已经成熟了许多，她很少再写那些苦大仇深的怨妇诗，而是更喜欢幽静地抒情。为了感情，她不顾一切地用力去爱，失去了又日日以泪洗面，忧伤过度，搞得她疲惫不堪，所以如今她只能安静又带着点疲惫地看着庭院中暮春飘零的落花，安静地听着那些不知人愁的青蛙们伏在水塘里不知疲倦地终日鸣叫，心里却还是想着她的故人不知在何方，期待着可以追随他去天涯海角。可是，谁知道如今他究竟在何方呢？

这样的思绪在心中缭绕不断，弄得她心乱如麻。人虽然还待在钱塘朱家，心却早已飘到不知所踪的他身边去了。

她困囿在对他的苦苦思念中，柔肠寸断，容颜憔悴，可是他还是毫无音讯。这种思念日夜困扰着她，从她写于一个中秋夜听笛声的七言诗中可见一斑：

谁家横笛弄轻清，唤起离人枕上情。
自是断肠听不得，非干吹出断肠声。

——《中秋闻笛》

这又是一首断肠诗。在万籁俱寂的夜晚，中秋的圆月高高挂在夜空上，月华如水，洒在大地上，也照进房间的小轩窗，可目所能及的一切都依旧浸泡在冷清和寂寥之中。明月有心，古往今来，春夏秋冬，皆不离弃，可为何月圆人不圆？应知明

满院落花帘不卷
——从诗词中品读朱淑真的爱恨喜忧

月亦有恨,若月无恨,应会长圆。正独自陷在悲伤的思绪中,远处却突然传来悠扬清远的笛声,让她不禁想起了当年西子湖畔,雅集会上少年的箫声。这绵远孤清的音色,和冷冷的月光交织着,钻进她的心里,更加唤起了她对远方的他的思念。她又一次柔肠寸断,那笛声,越听就越像当年他为她吹奏的《长相思》。她一边听着,一边愈发地揪心、愈发地哀伤,不知是谁偏要在这中秋月圆夜里吹奏这断肠之音,让人不忍卒闻?

其实过错不在笛声,也不在吹笛之人,而是她心中有伤,那笛声偏偏又钻进她的心里,自然撕心裂肺,声声断肠。如今他还不知所踪,她如何堪听《长相思》这离人悲声?

还有这首在朱淑真身后曾引起许多争论的《生查子·元夕》,也是描述女词人在物是人非之时心中悲凉的况味的:

去年元夜时,花市灯如昼。月上柳梢头,人约黄昏后。
今年元夜时,月与灯依旧。不见去年人,泪湿春衫袖。

这阕《生查子》是笔者最早了解到朱淑真其人的缘由。这词中元夜赴约的女子,大抵就是作者自己吧。词的上片,追忆去年的元宵佳节,和心中良人在灯市欢会,五个字写尽元宵夜灯火辉煌,如《东京梦华录》所记:"灯山上彩,金碧相射,锦绣交辉。"热闹绚烂的元宵灯会是作者和心中良人相约的美好背景。

是夜,皓月当空,月华流泻万里,男女主人公约见在黄昏后入夜时分。可见他们并不是在月夜看灯偶遇,而是早有密约,

第九章　长相思声声断肠：
　　　　一见倾心，一生牵心

　　此时此刻，此情此景，四处充溢着爱情的甜美缠绵。美丽的姑娘和心中的爱人，彼此倾心，一刻抵万金。

　　而下片骤然转折，今年的元宵佳节，依旧是月光皎皎、杨柳依依，依旧是灯市绚烂辉煌，依旧是月夜赴约，却不见去年的良人，风景无殊，然而人事全异。独留女子暗自垂泪，忆念故人。旧人去，泪潸然，花市繁华人声闹，灯影阑珊笑我痴。词人让今与昔、悲与欢交织相映，完美地表述出物是人非、世事无常的悲凉。

　　佛说人生有八苦，其中以"爱别离"苦痛尤甚。可是在这世间，我们都是渺小的尘埃，再强大亦无力与命运豪赌。虽然一见倾心，但男女姻缘之事，从来不由人。曾听过一言，说人的一生应该会有两个伴侣，一个陪我们走完一生，一个放在心里永生怀念。由此想来，极可能真是如此。一见倾心，一生牵心，世间总有些情缘是天命既定，即使没有结果，即使只是在灯火阑珊中互看了一眼，便早已知道彼此定是三生旧姻缘。三界无安，犹如火宅，人间事不如意常八九，也许淡看这世间之事，便是救赎自己吧。

　　命运虽然可以主宰一切，却主宰不了人心，尽管结局是早已注定的，可是过程已然被人心删减，甚至全无相似。就像朱淑真充满才情而又充满悲伤的一生，谁又能肯定她没有在默默地改写什么？从这阕《生查子》的描述，不难看出，她在婚前已有心爱之人，并在婚后依旧对其念念不忘。但她仍然是洁白的，因为她的贞洁，不是留给负心的丈夫，也不是留给侃侃而谈的卫道士，而是留给她心底的爱，她最真最深爱着的那个黄

满院落花帘不卷
——从诗词中品读朱淑真的爱恨喜忧

昏后的约人的。那爱,是她毕生的信仰,是她心里的光,不能熄灭。所以她作为一介柔弱的女子,选择了忤逆封建伦常,与深深爱着的那个他,在命运高墙的夹缝里延续那珍贵的爱。

在程朱理学风行的宋代,在"存天理,灭人欲"被奉为至理的宋代,这真是一件危险的事情,可能危及一切甚至是生命和家人。但是她知道,她要的不是供起来死气沉沉的牌坊,而是自己真挚的心和追求。她真是一个勇敢的女人,敢于直面自己的内心,敢于追求自己的真心,她的生命虽然短暂,但是弥足珍贵。虽然命运的凉薄不只于此,让她失了爱侣嫁与鄙夫不算,最终还被常年冷落她的夫家冠以不忠的罪名,予以禁锢。她做了一个坚决又贞烈的选择:宁为玉碎不为瓦全。她淡笑命运,然后举身赴清池,结束了自己诗酒趁年华的生活,不惜一切地去皈依自己心中的爱、心中的暖。

自古才女情爱多失意,也许真的只有心死了,才能激发冲天的才情吧。反正她是这样的,空留一卷《断肠词》,道尽了一生的哀怨与悲苦,伫立伤神,此情天见,到停止的那一刻,得失都已不重要。

相思令人老。不过短短数月,朱淑真已经觉得自己红颜不再。她眺望远方,对着脚下不变的大地,只愿此生老死在江南,扎根在与他相遇的西子湖畔。若有生之年还能再见他,和他做一对平凡夫妇,像一对同命鸟,共衔几颗红豆,那该有多好。

她还写有一首《闻子规有感》。可见,杜鹃鸟也是她用于诗词中的常见意象。

第九章 长相思声声断肠：
一见倾心，一生牵心

花落花开事可悲，等闲一醉失芳菲。
园林初听莺声涩，庭径俄看蝶粉稀。
欹枕夜深无梦到，倚楼天外便魂飞。
我无云翼飞归去，杜宇能飞却不归。

这首诗中，一眼看去都是形单影只的寂寥。她后悔自己当年嫁给了那个负心的男人，为他消耗尽了如花女儿的芳菲，最终却只落得被厌弃的下场。回忆起少女时候，在花园中听到黄莺啼春，流连在庭院中看粉蝶落花的时光是多么快乐啊！可如今却满心都是愁绪，连睡个好觉都不能做到，想倚靠着枕头做个清梦都变成了奢侈的愿望。若登上西楼，每每想到当年西子湖畔的初相见，便愈发伤心落魄。把自己锁在婚姻里这么多年，明明毫无希望，却不能像杜鹃鸟那样，拥有一双可以自由飞翔的翅膀飞离桎梏，实为可悲。

少女时的情感，在朱淑真的心中碾过太深的印记。即使是山河岁月，也无法为她抚平思念的伤痕，无法让她放下对旧人的爱恋。他是她记忆中的第一杯清茶，虽然初尝时有淡淡的清苦，品到后来，却也有浓郁的回甘。而她是他人生中的一枝花，小心翼翼地盛开，却最终被别人采摘。他们的心底都有伤，无论荣华与苦难，相守或分离，一切皆命定，与人无尤。

衔恨愿为天上月，年年犹得向郎圆。

| 满院落花帘不卷
——从诗词中品读朱淑真的爱恨喜忧

第三节 花谢花飞,春去不归

却扇羞花春已空,扫红吹白任颠风。
断肠芳草连天碧,春不归来梦不通。

——《晚春有感》

生在宋代的女性,是不得不被礼教伦理思想禁锢的。可朱淑真是个敢想敢做的女子,她不愿死守着那些森严的礼教,即便被伦理束缚着不能自由自在,也要把自己的梦想和追求写在诗中,留待与知心人同赏。

可叹朱淑真这样的才女,却生不逢时,把大半生都零落在了一个根本配不上她的粗鄙男人手中。不过这不是她的错,因为这是古时女子的宿命,她们注定是要把生平价值都系在一个男人身上的。但值得欣慰的是,不论人生际遇是什么样,朱淑真始终没有偏离了自己心中的那一条幽径,虽然她常年独守空闺,惜花慨叹,触景生情,却是心意自明,敢作敢当。

朱家人何尝不知道女儿心中极苦,可他们也无能为力。毕竟朱淑真做出了封建伦理不容的事,她不敬重夫君、留书出走、离经叛道之事已然在大街小巷传为谈资,朱家一向家风严谨,

第九章　长相思声声断肠：
一见倾心，一生牵心

纵使心疼女儿，也必须当心人言可畏，不能坏了门风。她们知晓女儿心中愁苦，却无法劝慰，更不能为她提供丝毫跟少年有关的消息，甚至对外只能否认朱家接纳了留书出走的她，还要说朱家早已不认朱淑真这个败坏门风的女儿了，只为求得流言蜚语的稍减。

而朱淑真虽然后悔当初听从父母安排从了这桩婚姻，却并不怨恨父母，她只怪命运不公，自己红颜薄命，遇到了那么一个粗俗不堪不解风情的丈夫。他不仅不懂得珍惜她，还要百般冷落折辱她，身边明明有她这样一个才貌双绝的好女子相伴，却不满意，还要整天在外面寻花问柳，最后甚至还纳了一个歌舞伎来做小妾，放任这风尘女子每天在她面前耀武扬威。可惜自己还曾经为这男人付出过一腔真情，还曾百转千回地写下情意绵绵的《圈儿词》给他。每每想起这些，她就感到伤心欲绝，心寒到了骨子里。

所谓易得无价宝，难求有情郎。世间男子中薄情寡义者极多，也许男人的爱，自古而今，就是凉薄的，辜负了深情的女子一腔的托付和等待。

朱淑真伤春悲秋，浸在悔恨和思念中的一字一句，似乎都是蘸着心血写就的。

风倍凄凉月倍明，人间占得十分清。
可怜宋玉多才子，只为多情苦怆情。
　　　　　　　　　　　——《对秋有感》

满院落花帘不卷
——从诗词中品读朱淑真的爱恨喜忧

秋日里生出的悲凉心绪比暮春更甚。说到底春总是包含着希望的,而秋就显得萧瑟许多,再莫名地落下一阵冷雨,夹杂着几声蟋蟀凄清的鸣叫,最是惹人不安。

秋天的风格外凄凉,月亮却格外明亮,照得山河大地光洁皎皎。"可怜宋玉多才子,只为多情苦怆情。"一语双关,既是在说宋玉空有一身才华,却终身郁郁不得志,也是慨叹自己的情路坎坷,婚姻命运悲凉,空有一腔柔情,却无人可以让她去深爱,到最后只落得"哭损双眸断尽肠"和"一点残灯伴夜长"。

也许每个人心中都有着不忍触动的难言之苦,毕竟我们生在世间,不如意事十有八九。只是有的人喜欢找人倾诉,有的人宁愿深埋心中。而才情卓绝如同朱淑真,则选择了把一生的血泪都写进诗词,凝成字字珠玑。朱淑真一生最苦,苦在没有知音,没有人懂她。她写在诗中的幽怨深情和缠绵悱恻,只是被说成卖弄文采,因为她那些深情哀伤的文字与儒家要求的"乐而不淫,哀而不伤,怨而不怒"实在是不相符,所以无人敢褒扬。清代陆昶在自己整理选录的《历朝名媛诗词》中评价朱淑真的文字,说她"出笔明畅而少深思",更有士大夫毫不客气地评价她"伤于悲怨,亦非良妇"、"出于小聪狭慧,拘于习气之陋,而未适乎性情之正"。

绝世无双的才女,只是为了追求自己的真心真性情,却屡屡被扣上这样的帽子,真是令人心痛。为什么男人不去反省自己是何等无情,而只会来指摘女子不是良妇?朱淑真不过是一个真性情的女子罢了,她只是需要爱情的滋养,需要把情意抒发于字里行间,她终其一生只为求得一份温暖的情感,这如何

第九章　长相思声声断肠：
　　　　一见倾心，一生牵心

就成了罪过？诚如她早年在《掬水月在手诗序》中所言："然翰墨文章之能，非妇人女子之事，性之所好，情之所钟，不觉自鸣尔。"

朱淑真这个女子，如她的名字一般，真得令人感佩。她敢想敢做，不惧非议。面对那些所谓"封建正统文人"的指责，她并没有任何恐惧。即使世态炎凉，即使身处荆棘，即使全无退路，她也要活出一个真实的自己。她爱着那个初次闯入她芳心的吹箫少年，为他独守空闺，为他望断天涯路，她相信，他终究会回来的。

这段时期的朱淑真，在漫长的等待中写下的每一首诗，似乎都满载着对他的思念。她在诗中写她的思念和哀怨。从"断肠芳草连天碧，春不归来梦不通"一句中可得知，她的心上人，就在那芳草连天的地方。这个时候，朱淑真可能已经得到了少年的一些消息，可是她却无法向外去传递书信，告诉他她在哪里。毕竟，她胆大妄为，与夫家决裂，已经沦为他人茶余饭后的谈资，纵使她不怕非议，至少也要为朱家考虑一下，为父母双亲考虑一下。每个人行走在世间，都是有着自己的负累的。所以，虽然她很想去寻找那多年不见的少年，却苦于无法传信，万般无奈，只能先困守西楼，看着时光一天天地流逝，一边借酒浇愁，一边等待时机。

在写朱淑真的过程中，笔者深深地感觉到，朱淑真像极了《红楼梦》中幽怨的黛玉。她们都是那种期待爱情却得不到爱情，因此凄凉到骨子里的女子。这种情境，用黛玉的《葬花词》来形容，是最贴切不过的了：

满院落花帘不卷
——从诗词中品读朱淑真的爱恨喜忧

花谢花飞飞满天,红消香断有谁怜?
游丝软系飘春榭,落絮轻沾扑绣帘。
闺中女儿惜春暮,愁绪满怀无着处。
手把花锄出绣帘,忍踏落花来复去。
柳丝榆荚自芳菲,不管桃飘与李飞。
桃李明年能再发,明年闺中知有谁?
三月香巢已垒成,梁间燕子太无情。
明年花发虽可啄,却不道人去梁空巢也倾?
一年三百六十日,风刀霜剑严相逼。
明媚鲜妍能几时,一朝飘泊难寻觅。
花开易见落难寻,阶前愁杀葬花人。
独倚花锄偷泪洒,洒上空枝见血痕。
杜鹃无语正黄昏,荷锄归去掩重门。
青灯照壁人初睡,冷雨敲窗被未温。
怪奴底事倍伤神?半为怜春半恼春。
怜春忽至恼忽去,至又无言去不闻。
昨宵庭外悲歌发,知是花魂与鸟魂?
花魂鸟魂总难留,鸟自无言花自羞。
愿侬此日生双翼,随花飞到天尽头。
天尽头,何处有香丘?
未若锦囊收艳骨,一抔净土掩风流。
质本洁来还洁去,不教污淖陷渠沟。
尔今死去侬收葬,未卜侬身何日丧?

第九章　长相思声声断肠：
一见倾心，一生牵心

侬今葬花人笑痴，他年葬侬知是谁？
试看春残花渐落，便是红颜老死时。
一朝春尽红颜老，花落人亡两不知！

《葬花词》是黛玉心声的写照，其中不仅有着女儿家的忧伤哀婉，更包含了对世态炎凉、人情冷暖的控诉与无奈。黛玉在贾府中，虽有宝玉的心意和贾母的疼爱，但毕竟小小年纪就失去父母，寄人篱下，心中不免常常生出些悲凉之感。加上黛玉本身就是一个多愁善感的女子，于是看见落花，不免心生愁苦，觉得自己也如同那落花一般飘零，身世凄凉，孤苦无依。而朱淑真也多次在诗词之中以暮春盛开过的缤纷落花作为意象，亦是时常感到风刀霜剑严相逼，有着以落花比自身的意味。这两个女子是如此相似，若是她们生在同一个年代，又同时在钱塘相遇，她们也许会是一对同病相怜的姐妹。倘若真的是这样，朱淑真也至少有了个知心之人，或许她们的结局都不至于如此让人慨叹。可惜这不过是笔者私心里的臆想罢了。

最后宝玉奉命娶了宝钗，黛玉不堪打击，吐血而亡，合眼之前还要亲手烧掉满载着自己心血的诗稿，期待的幸福求之不可得，那就宁为玉碎不为瓦全，"质本洁来还洁去，不教污淖陷渠沟"。保持自己清高孤傲的心性，不愿受辱，不甘屈服，这一点亦如同朱淑真。当丈夫厌弃了朱淑真，她敢于不畏人言，做出留书出走的举动，也不愿日日空守着无爱的家和无情的丈夫，在屈辱中度日。

黛玉曾有感叹："我曾见古史中有才色的女子，终身遭际，

满院落花帘不卷
——从诗词中品读朱淑真的爱恨喜忧

令人可欣、可羡、可悲、可叹者甚多。"古语云红颜薄命,史书中才貌双绝的女子们,更是命比纸薄。由此想来,古史中有才色的女子中,像红拂那样最终结局完美的可谓少之又少,而像朱淑真这般"可悲、可叹"者才是居多的吧。

莫对明月思往事,也知消减年年。

惆怅玉颜成间阻,何事东风,不作繁华主。

第十章
相见时难别亦难:春暖花开,愁去君来

朝朝暮暮,心心念念,为相思顾。无奈岁月蹉跎,时光催人老,一转眼便是那么久的别离。

第十章 相见时难别亦难：春暖花开，愁去君来

第一节 长相思起，心心念念

墙头花外说新晴，拨去闲愁着耳听。
青鸟已承云信息，预先来报两三声。

——《闻鹊》

从古至今，我们总是期待看到才子配佳人的完美故事，一看到才子娶了村妇，佳人许了鄙夫，总是忍不住心生遗憾。可这就是世俗，我们只能努力让自己活得优雅、活得安宁，却始终离不开人间烟火。就像朱淑真，明明与少年两情相悦，却无法共同谱写未来，明明心中无爱，却必须要在最美的年华，穿着嫁衣做别人的妻。

朱淑真真的像是冬日里那枝凌寒独自开的梅花，终日与冰雪相伴，即便保持着心内明洁，也不得不行走在那错综复杂的路上。她走过迷途，和无爱的丈夫有过短暂的缠绵，也有过哀怨和苦楚。这无尽的遗憾和纠缠，在她柔软的心中不断地掀起

满院落花帘不卷
——从诗词中品读朱淑真的爱恨喜忧

波澜。原来人世间的爱，从这样的意义上来看是平等的，不论身份尊贵还是卑贱，也不论你是帝王还是贫民，爱情都是坎坷的。那些流传千古的伟大爱情似乎都是要以悲剧收场的。也许以人性的眼光看来，爱情总是要艰辛才显得伟大。神仙眷侣虽好，可不痛不痒也难免无聊。

她痴爱文字，做得最多的事情就是手持书卷，在文字中流连。她读过白居易的《长恨歌》，唐玄宗是一代明主，他能把万里山河握在手中，他能呼风唤雨，却拯救不了一个自己深爱的女人。他在马嵬坡前的无奈和悲哀，也许彼时的朱淑真可以理解。曾经气吞山河的九五至尊，到了那个份儿上，也只能用自己心爱的女人来换取江山。一曲霓裳羽衣过后，他亲眼看着杨玉环，为了他和他的江山社稷，用她为他跳舞时那翩然生姿的长长水袖了结了自己的生命。他悲痛欲绝，却无能为力。到最后，历史总是把一切罪过都归于红颜，说她们是祸水，好像所有的祸事都是女子所为。夏是妹喜亡的，商是妲己误的，周是褒姒葬送的，而大唐是杨贵妃断灭的。可是女人生来柔弱，她们不过想要一份温暖的感情，至于翻云覆雨、改天换地之事，实在是没有多少女人感兴趣的。朱淑真何尝不是这样？她虽然不是皇宫高墙里面的花，却也是背负着家族的责任，去走自己人生路的。所以，她和昔日的吹箫少年虽然相爱，却只能泪眼相看，只能红尘陌上，各自生活，却又彼此牵念。

言归正传。朱淑真回到母家后的这段时间，经常久久地独坐在西楼上，看着日升月落，晨昏交替。也会时常到昔日一起读书的东轩去，那书案上依旧摆着一对青铜烛台，往日为他伴

第十章 相见时难别亦难：
春暖花开，愁去君来

读的情景还历历在目，空气中似乎还弥漫着当时的墨香。他们在一起的那段时光，成了她寂寥生命里的一团火，在她对生命心寒绝望的时候，温暖着她孤独的心灵。

自从朱淑真毅然留书出走的事情在街头巷尾传开之后，想必他也听到了消息，知道她和丈夫的夫妻关系名存实亡，或者说干脆就已经亡了。如今她就在钱塘朱家，可是他不敢去找她，他知道朱家人一定不会允许这样的事情发生。但他确实在思念着她，百转千回，千思万虑，他做了一个巧妙的决定，那就是借助信鸽给她传信。他想，如果他们还有缘分，信鸽就一定可以找到她。如果信鸽飞错了方向，那就是冥冥之中缘分已尽，一切都是命运使然。

而朱淑真整日守护着记忆，愈发安静下来。她常常在回忆里回到曾经的那个从前，他们在暮色轻拢的窗前，看夕阳如画。然后燃一炉水沉，温一壶黄酒，对月抚琴，吟诗作赋，挥笔成章，像过去那样，不与世人争长短，不与岁月叹兴亡。他的箫声伴着她的琴音，她的罗裙衬着他的长衫，踏青西湖边，泼墨梨花案，别无他求。

命运终于再次眷顾了他们。在一个清朗的夜里，大家都睡下了，只有朱淑真自己倚靠在西楼之上，看着夜空澄澈如洗。万籁俱寂中，她听到一阵哀伤的箫声，丝丝缕缕，缠绵悱恻，如泣如诉，不绝于耳。

她在静夜中打了一个激灵，以为自己出现了幻觉。重新凝神细听，可那真是他的箫声，是他为她吹奏的那一曲《长相思》的曲调。她激动起来，疯了一般跑下楼，越过水阁，来到

满院落花帘不卷
——从诗词中品读朱淑真的爱恨喜忧

庭院中。

万籁俱寂，朱家的上下人等都已经睡了。此时此刻她才想起来，现在已是深夜，大门早已落锁，而就算是没有落锁，如今她也不是自由身，父母是不会放她出去的。

朱淑真陷入了更深的失落。她知道他就在附近，可是却连远远地互相看一眼都不可能。正在一筹莫展之际，忽然一只鸟儿飞进来，打乱了她的注意力。鸟儿扑棱着翅膀直接落到了她面前的灌木上，她低头一看，居然是一只信鸽，脚上还绑着什么东西。

她定了定神，小心地取下了鸽子脚上的物件，却是一片信纸。她按捺住狂跳的心，展开一看，上面只写了三个字：长相思。

不错，那就是他的笔迹，是她苦苦思念了那么多年的他在传信给她。朱淑真竭力使自己平静下来，回到书房，捻亮灯烛，铺纸陈墨，写下了那首《闻鹊》。

收到离人的消息，朱淑真重新快乐起来。她再也没有伤春悲秋的无尽愁思了，反而活泼烂漫得像是回到了少女时候的光景。此时此刻，在她看来，伸到墙外的花枝就是春天的使者，给人们传递着浓浓的春意，而可爱的青鸟更是为苦苦等待的她带来了关于他的消息。这怎能不让她感到万分欣喜呢？

送信的明明是鸽子，在朱淑真的诗中却变成了青鸟。想来是因为她终于得到了檀郎的消息，心中喜悦万分，所以才这样写吧。檀郎的相思心意，终于让忧郁了半生的她开心起来，由衷地感到欣慰。原来万物都是有情的，她终于得到了他的消息，

第十章　相见时难别亦难：
春暖花开，愁去君来

原来这些年她不是在一个人苦苦思念，他也没有忘了她。如今借由信鸽传来的这短短的三个字，让她看到了生活的希望。可见这多年的相思是多么浓酽、多么厚重。

青鸟一向是文人墨客笔下传情达意的使者。晚唐诗人李商隐曾经写过一首《无题》，其中就提到了"青鸟传书"：

相见时难别亦难，东风无力百花残。
春蚕到死丝方尽，蜡炬成灰泪始干。
晓镜但愁云鬓改，夜吟应觉月光寒。
蓬山此去无多路，青鸟殷勤为探看。

这是一首语言和意境都极富美感又婉转缠绵的诗，也是一首描写爱情的名作，抒发了暮春时节情人之间别离的伤感和痛苦执着的相思之情，里面就提到了"青鸟"这个意象。传说中，青鸟是王母娘娘的信使，又名青鸾，据说有青鸟飞过的地方就会有幸福存在。《山海经·西山经》中记载："又西二百二十里，曰三危之山，三青鸟居之。"《艺文类聚》卷九一中，引用汉代班固《汉书》内容所著的《汉武故事》中说："七月七日，上（汉武帝）于承华殿斋，正中，忽有一青鸟从西方来，集殿前。上问东方朔。朔曰：'此西王母欲来也。'有顷，王母至，有两青鸟如乌，侠侍王母旁。"后遂以"青鸟"为信使的代称。

除了李商隐这首著名的《无题》外，历代也有很多诗人在诗词之中提到青鸟这个意象。如李白《题元丹丘颍阳山居》："愿狎青鸟，拂衣栖江濆。"杜甫《丽人行》："杨花雪落覆白

满院落花帘不卷
——从诗词中品读朱淑真的爱恨喜忧

苹,青鸟飞去衔红巾。"李璟《摊破浣溪沙》:"青鸟不传云外信,丁香空结雨中愁。"白居易《山石榴花十二韵》:"好差青鸟使,封作百花王。"可见,青鸟在古代人心中有着美好的寓意。

在古代,人们要想与远行的亲人通信,确实是万难的事情,驿站邮差基本只为贵族设立,普通百姓几乎没有专门的通信设备。所谓"九度附书向洛阳,十年骨肉无消息","烽火连三月,家书抵万金","寄书常不达,况乃未休兵",等等,都说明了古人与亲友之间传达消息的艰辛。因此人们只有将真情寄托给青鸟,他们相信青鸟是上天派来的传递美好的使者,让青鸟帮自己传递吉祥、幸福和快乐的佳音,以此来抒发自己的思乡和思亲之情。

除了青鸟,在古人的心里,能传书的还有鸿雁和鲤鱼。鸿雁传书的说法起源于汉代出使匈奴的苏武。据《史记》记载,汉武帝时,使臣苏武被匈奴拘留,并押在北海苦寒地带多年。后来,汉朝派使者要求匈奴释放苏武,匈奴单于谎称苏武已死。这时有人暗地告诉汉使事情的真相,并给他出主意让他对匈奴说:汉皇在上林苑射下一只大雁,这只雁足上系着苏武的帛书,证明他确实未死,只是受困。这样,匈奴单于再也无法谎称苏武已死,只得把他放回汉朝。从此,"鸿雁传书"的故事便流传开来,成为千古佳话,而鸿雁也就成了古人传情达意的寄托。

而鱼传尺素则更是一个美丽的故事,它起源于一首汉乐府民歌《饮马长城窟行》:

第十章 相见时难别亦难：
春暖花开，愁去君来

青青河畔草，绵绵思远道。
远道不可思，宿昔梦见之。
梦见在我傍，忽觉在他乡。
他乡各异县，展转不相见。
枯桑知天风，海水知天寒。
入门各自媚，谁肯相为言！
客从远方来，遗我双鲤鱼。
呼儿烹鲤鱼，中有尺素书。
长跪读素书，书中竟何如？
上言加餐食，下言长相忆。

这是一首思妇诗，作者已不可考。全诗运用比兴的手法，诸多转折，意象迷离，以虚写实，虚实难辨，亦喜亦悲，变化莫测，笔法委婉多致，思绪曲折回旋。整首诗中未见一个思念的字，然而每一字每一句都流露出苦苦思念之情，可谓绝妙。末句的"上言加餐食，下言长相忆"写出了作者怀人之情的缠绵殷切。

其实，不论是青鸟还是鸿雁，抑或信鸽或鲤鱼，都不重要，重要的是这可爱的生灵终于为苦苦思念情郎的朱淑真捎来了情郎的消息，让她知道了他对她的情意，也为她枯燥寡淡的生活注入了希望和色彩。

相思不长，却足以刻骨。

朝朝暮暮，心心念念，为相思顾。

满院落花帘不卷
——从诗词中品读朱淑真的爱恨喜忧

第二节 啼鸟春归,苦乐交织

调朱弄粉总无心,瘦觉宽余缠臂金。
别后大拼憔悴损,思情未抵此情深。

——《恨别》

自从得到了情郎的音信,朱淑真便不再那么郁郁寡欢了,渐渐变得开朗起来。对于女儿心态的转变,朱淑真的父母颇感欣慰。他们不会想到,在冥冥之中还有缘分那么奇妙的东西,在为女儿和昔日的少年牵线搭桥。可是他们始终不能放心,因为他们日日看到女儿在东轩和西楼倚栏独坐,流连忘返,就知道她始终还记得那个少年。对此,朱家父母始终怀着警惕,害怕她会做出更加有辱门风的事情来。

毕竟,朱淑真那个时候已经被街头巷尾的人们指指点点了,作为父母,他们必须对她严加管教。所以朱淑真还是不被允许自由活动,只能日日困守在家中,甚至连传递信息,都要等到夜深人静,大家都进入梦乡,她才敢蹑手蹑脚地行动。

自从收到了飞鸽传书,她便小心地把那只可爱的鸟儿豢养起来。毕竟朱家后园中花花鸟鸟众多,几乎没有人会注意到突

第十章　相见时难别亦难：
春暖花开，愁去君来

然多了一只灰色的鸽子。即便注意到了，也不过当成外面飞进来一只鸟儿罢了，没有人会深究。就这样，朱淑真和她的情郎，一个在这边，一个在那边，就这样悄无声息地联系着。

收到了情郎的消息之后，又过了几日，朱淑真便写下那首《恨别》，托付信鸽带给了他。

他看到带信回来的信鸽，也心生欢喜。展开信笺，只见满纸浓浓的相思之情。

她说，自从当年一别，未曾相见。她被迫嫁为人妇，可是并不快乐，整日没有心思装扮自己，不涂脂抹粉，也不调蔻丹点朱唇。这样的日子久了，她被相思的愁苦折磨得愈发清瘦，连手臂上环着的雕花赤金臂钏都日渐宽松下来。自从与君分别，唯有整日苦苦思念，不敢忘怀，情深义重到无法用言语形容。

少年也颇为感慨，但是仍然苦于相见无门，只能先将心中深情托付给信鸽，让它代劳在她和他之间传递消息。

这段时间，朱淑真还写下了五首《春归》，皆为七言诗。

其一

片片飞花弄晚晖，杜鹃啼血诉春归。

凭谁碍断春归路，更且留连伴翠微。

其二

满地落花初过雨，一声啼鸟已春归。

午窗梦觉情怀恶，风絮欺人故著衣。

满院落花帘不卷
——从诗词中品读朱淑真的爱恨喜忧

其三

狼藉花因昨夜风，春归了不见行踪。

孤吟茕坐清如水，忆得轻离十二峰。

其四

一点芳心冷若灰，寂无梦想惹尘埃。

东君总领莺花去，浪蝶狂蜂不自来。

其五

平畴交绿蔼成阴，梅豆初肥酒味新。

门外好禽情分熟，不知春去尚啼春。

这五首《春归》与朱淑真之前那些伤春悲秋的诗作截然不同。不像过去的诗作那般满满的都是愁苦怅惘之情，倒显得轻快了许多，甚至还有一些欣喜和期待的情绪在里面。

五首诗，其中有四首提到了春归。笔者揣度，朱淑真实际上想表达的应该是，得到了情郎的消息之后心中的喜悦和希望，而自然风物中的春天在这里，就只是一个象征。毕竟爱情的如意对于朱淑真来说，才是真正的春暖花开。所以这些诗表面上说春天归来，实际上则在表达朱淑真知道，她心心念念思慕的他已经归来了。

朱淑真在夫家的这几年，诗作中并没有见到关于这位情郎的消息，所以也许他是听闻朱淑真留书出走这件事，才特意回来与她相会的。回来之后，应该也住在距离钱塘不远的地方，

第十章　相见时难别亦难：
春暖花开，愁去君来

可碍于朱家的严防死守，他们就是没有机会相会。所以朱淑真在诗中说"凭谁碍断春归路，更且留连伴翠微"，抒发相思相望不相见的哀怨心情。

从第二首中的"满地落花初过雨，一声啼鸟已春归"可以感受到词人苦乐交织的心情。乐在知道"春已归"，而苦又苦在无法相见，心下不免凄凉。"午窗梦觉情怀恶，风絮欺人故著衣"，表现出了词人急于与情郎相见的急切心情。正在午睡时，却突然被报喜的鸟儿惊醒了，得知"春已归"，她迫不及待地披衣出门，想去打探消息。而第三首诗中的"狼藉花因昨夜风，春归了不见行踪"则让人联想到夜里东风肆虐，吹落满地落花的景象。这说明了她行动不自由，被父母拘禁在家里，虽然知道情郎也许就近在眼前，却没有办法出去相见，让人怅然若失。

知道离人归来却不能相见，这种惆怅比不知人在何方更令人伤感。可彼时她也是身不由己，虽然倍感孤独，也只能暂时不动声色，"孤吟茕坐清如水，忆得轻离十二峰"。

后来，她曾经让侍女想办法再帮助她出去，却不幸被她的父亲撞见了。慌乱中，她藏在衣袖中的那张写着长相思的信笺飘落出来。父亲眼疾手快地捡起来，一句多余的话都没有说，派人重新扶她回了房间。父亲不但撤换掉了她身边全部的丫鬟婢女，并且当着她的面烧掉了那张信笺，甚至还顺藤摸瓜，抓走了那只为二人传信的信鸽。

朱淑真心中的希望再次破灭了，她和他之间的联系就这样断灭了。她真的不知道还能怎么办了。她已悲伤到了极致，已经不会再流泪了。她只是安静地坐在那里，凄婉而落寞。她对

满院落花帘不卷
——从诗词中品读朱淑真的爱恨喜忧

父母的感情是复杂的,对于父母的关心和包容,她心下感念,可是对于父母在这件事上的决绝,她也颇为怨恨。因此,她写下了"一点芳心冷若灰,寂无梦想惹尘埃"的诗句。

是了,如今她身不由己,芳心已成灰,就算是想惹尘埃,也无法惹。但她的心是乱的,并不能领会六祖慧能大师从自信中流露出来的"本来无一物,何处惹尘埃"的境界。

而"东君总领莺花去,浪蝶狂蜂不自来"应该是在期待自己的情郎能果敢一点。她总盼望着时光可以倒流,那样她一定不会轻言分离,一定会让他回来找她,不论他是不是高中,她都愿意跟他走。而这句诗里面的"浪蝶狂蜂"也许就是她嫁过的那个丈夫。所以她暗含深意地说,东君才是司春的神灵,只要有东君在,那些"浪蝶狂蜂"便不会再来打扰她了。

"东君"和"东风"是朱淑真诗句中常用的意象,在这里应该就是代指她的情郎,那个东轩读书的少年。她还有很多诗句中暗含此意。在她的诗《窗西桃花盛开》、《中春书事》、《咏柳二首》、《黄芙蓉》等作品中都可以见到。

尽是刘郎手自栽,刘郎去后几番开。
东君有意能相顾,蛱蝶无情更不来。

——《窗西桃花盛开》

乍暖还寒二月天,酿红酝绿斗新鲜。
日烘春色成和气,风弄花香作瑞烟。
莺舌似簧初学语,柳条如线未飞绵。

第十章　相见时难别亦难：
春暖花开，愁去君来

金杯满酌黄封酒，欲劝东君莫放权。

——《中春书事》

长丝袅娜拂溪垂，乱絮风吹漠漠飞。
全借东君与为主，年年先占得韶晖。

——《咏柳二首》

如何天赋与芬芳，徒作佳人淡伫妆。
试倩东风一为主，轻黄应不让姚黄。

——《黄芙蓉》

朱淑真在诗句中流露了她的无可奈何，因为她自己真正期待的情郎总是无法与她欢会，而那些讨人厌的狂蜂浪蝶却屡屡来招惹她，真是让人生气又无奈。

翻开《断肠集》，见到最多的情感，不是悲愁怨恨，就是刻骨相思。相思真是一件极苦的事情，唐高宗曾经写诗说相思："人道海水深，不抵相思半。海水尚有涯，相思渺无畔。"被相思折磨的人们真是辛苦，就像朱淑真的这半生，无时无刻不在思念他，却也无法见到他哪怕一眼。她心里全都是他们那三年的过往时光，他的诗句，他的箫声，他们游湖的回忆，他们执手相看泪眼的场景……相思之苦，不会把人活活吞噬，不会直接置人于死地，却能如凌迟般令人肝肠寸断，苦不堪言。

无奈岁月蹉跎，时光催人老。一转眼已是那么久的别离，如黄昏里安静的夕阳，再也找不回当时的意气风发，只剩下忧

满院落花帘不卷
——从诗词中品读朱淑真的爱恨喜忧

伤的记忆。也许是因为不得不与他分开,所以连心中感知快乐的能力也都随他而去。她唯有相思,期待着有一天能再和他相遇,她看着他,就像寒梅对着雪花。

这样的爱情遇上了,才是真正的劫数。

只怕天恩未许,此意空徘徊。

第三节 金风玉露,与君相逢

风光紧急,三月俄三十。拟欲留连计无及,绿野烟愁露泣。倩谁寄语春宵,城头画鼓轻敲。缱绻临歧嘱付,来年早到梅梢。

——《清平乐》

话说上一次朱淑真试图想办法偷跑出去会情郎,却被父亲发现。她的父亲以为烧掉了信笺,捉走了信鸽,就算彻底绝了女儿的念想。但其实,女人对感情的执念是无比深重的,不然朱淑真也就不会为此凄苦半生了。虽然父母百般阻挠,彻底断了他们之间的消息往来,她连一个字都送不出朱家的高墙深院,但她并不是百依百顺的女子。

她静静地等待着时机。她最期待的时刻就是每月十五的夜

第十章 相见时难别亦难：
春暖花开，愁去君来

里，每到十五这一日，圆月高悬在空中，她就会听到从远方传来幽幽咽咽、如泣如诉的箫曲《长相思》。他用箫声倾诉对她的思念之情，而她则抚琴相对。远在天边近在眼前的一对相思之人，就这样相互传递着彼此的心意。

季节不断地更替，春去夏至，秋过冬来。终于，天公作美，在农历三月三十这日，他们迎来了相会的机会。不晓得当时的朱淑真是如何避开父母的监控，又顶着多少无情的流言和咄咄逼人的目光，在"风光紧急"中与她心心念念的情郎相会的。总之从她的这阕《清平乐》中可以得知，他们终于有了宝贵的见面时间。

相见的那一刻，积在她心中数年的哀伤愁怨全部化为欢喜，盛开在她的眉梢眼角，消瘦的她因为爱情的滋润显得格外光彩动人。为了那一刻的欢喜，就算是承受再多的苦楚，她都觉得值得。朱淑真就是这样一个痴情的女子啊，多年的相思和牵念在那一瞬间，化作晶莹的泪水，欢喜地奔涌出来。他们再一次四目相对，执手相看泪眼，却无语凝噎。

时间都静止了。他轻轻揽着她消瘦的腰身，她痴痴地依偎在他宽大的胸怀中，这一刻，是付出了多少血和泪的代价换来的。笔者只想用李后主的一阕《菩萨蛮》来形容这种金风玉露的相会：

花明月暗笼轻雾，今朝好向郎边去。刬袜步香阶，手提金缕鞋。

画堂南畔见，一向偎人颤。奴为出来难，教君恣意怜。

满院落花帘不卷
——从诗词中品读朱淑真的爱恨喜忧

想来她和他苦苦熬了无数个晨昏日夜才换来这短暂的欢会,一定也是这般旖旎香艳吧。他们相会的三月三十,也一定是幸福美好的,她淡妆低眉地走向他,靠在他怀里,小鸟依人般偎依着他,纤弱的娇躯因为害怕而轻轻颤抖,等到稍微镇定下来,才深刻地感觉到,既然见一面如此艰难,那就好好地把握当下这一刻,尽情地倾诉心意吧。

当日当时,他的心中一定也是痛苦不堪的。当年他没有高中,他知道朱家一定不会把淑真许配给他,再回去就是自取其辱。他曾想过永不再相见,可她深深地刻在他的心里,纵使这些年,他的生命中曾经住进过其他的女子,但她是无可替代的。看着当年明艳的她若今天这般憔悴,他又何尝不心疼?可世间男女姻缘之事,从来都由不得自己做主。他当年已经负她一次,如今再不敢给她任何承诺,也没有资格再给她承诺。她为了他,做出了那么多牺牲,他又凭什么继续让她伤心痛苦?他不能。他能做的,只有这样静静地抱着她、陪着她。

他以为自己总比女子坚强,却也在知晓她回到母家之后,瓦解了全部武装,再次沦为相思的臣子。原来千百次假装坚强的想象,也比不过心上人的一颦一笑、一个动作、一个神情。

那一夜,她应该是和他共度了美好的一夜吧。这是她期待了半生的欢会啊。可是,欢聚过后,又是恼人的离别。

经过短暂而甜蜜的激情缱绻,她不得不离开了。如果让父母知道她胆敢私自与男子幽会,如果让左邻右舍那些长舌妇知道她竟然出来与丈夫以外的男子相会,那么朱家人一定会被流

第十章 相见时难别亦难：
春暖花开，愁去君来

言蜚语折辱至死。她不能让这样的事情发生。

再次面对心痛的离别，天地含悲，山河呜咽，连花草树木都在为他们哀泣流泪，但他们无能为力。此时城头上的画鼓轻轻地敲了起来，为他们的欢聚画上了句号。她必须走了。在临别的路口，她含泪不断地叮嘱他不要忘记她，来年春天，请一定要早到梅梢，再来看她。

这阕词最巧妙的地方就是首句的"风光紧急，三月俄三十"，让人一眼就看出这相聚的匆忙和短暂，分离就迫在眉睫。紧张的情绪让人禁不住跟着揪心。"拟欲留连计无及，绿野烟愁露泣"则写出了他们从相见的那一刻起，就知晓这时间是何等宝贵。所以，这一夜，他们大抵都无暇入眠，她和他缱绻相依，贪食着每一丝每一寸的缠绵之意，希望时间走慢一点，因为他们的欢聚太过宝贵又太过短暂，连让他们沉醉流连的工夫都没有。可时间依旧无情，到了分离的时刻，他们依然要面对分离的痛苦和怅惘。

等到"城头画鼓轻敲"的时刻，她不得不动身离去，临走的时候，"缱绻临歧嘱付，来年早到梅梢"，希望心上人来年一定要早早回来看自己。

朱淑真真是一个痴情的女子，就像一朵腊月的寒梅，纵使生活的风刀霜剑死死相逼，却依然满心诚挚地盛开着。直到片片花瓣被刺骨寒风无情地吹落，她连抱住自己的能力都没有，只能散落一地，随风飘逝。

历史给了我们所有的答案。而答案就是，命运并不懂得怜香惜玉，冷酷的现实也没有因为他们的爱情缱绻缠绵而变得柔

满院落花帘不卷
——从诗词中品读朱淑真的爱恨喜忧

软,世俗的差别,闲人的非议,也不会因为爱情的忠贞和不离不弃就缩短距离。但朱淑真是需要爱情的女子,她需要爱情来滋养她的灵魂。她已经坚定了自己的信念,这一次,无论如何,都不会改变心意。也无须承诺,她已经将自己交付给了他。她在心中发誓,为了彼此的爱情,宁愿与这个无情的尘世抗争到底。

爱情,既是最美的,又是最苦的,像是天堂,更像是地狱。不是所有的两情相悦都能换来携手共度的结局,这个时候,笔者更愿意相信,因为朱淑真是一个太过灵秀的女子,所以上天剥夺了她最渴望得到的情爱,这是一种因果。每个人都背负着自己的因果,所有的福德和业力,都是自己曾经的造作。来到世间就是因缘,让我们该索取的索取,该归还的归还。这就是命运。就像盛开的花儿,终究也会有无情的凋谢。生命有如皮筋,坚韧的时候可以百扯不断,绝望的时候却不堪一击。生命也像烟花,绽放的时候,整个夜空都为之辉煌,熄灭的时候,就那么迅速地暗淡下来,连个预兆都没有。

朱淑真就是这样的女子,坚定、果敢、真性情。她的性情是刻在了骨子里的,纵使想改也改不掉。千百年的风烟散尽,她的人生经历依然让人禁不住要唏嘘感怀。也许是她读的万卷诗书害了她,那书中的世界都是太美好的,然而真实的世间却没有那么慈悲。难以设想她心里对爱情是存有怎样完美的一份期待,她本不是一个平凡的女子,却平凡地生活在这个世间,用自己的生命为爱情谱写传奇。

正是:自古多情空遗恨,此处难觅有情天。

第十一章
一腔痴爱终怜惜:满园春色,万紫千红

最是人间留不住,朱颜辞镜花辞树。从降生到人世起,我们每个人都是一样的,生老病死,聚合分离,一路赶着走。

第十一章　一腔痴爱终怜惜：满园春色，万紫千红

第一节　相思莫负，一心一念

也无梅柳新标格，也无桃李妖娆色。一味恼人香，群花争敢当。

情知天上种，飘落深岩洞。不管月宫寒，将枝比并看。

——《菩萨蛮·木樨》

这首词，语气淡漠而骄傲，似乎凡俗中的人和事都入不了作者的眼，敏感直接，才气横溢。大概也只有朱淑真能写出这样的词句来。她不是平凡的女子，她有傲视群芳的胆量与才学，但是她的美，却只为那一个人盛开。

这世间痴情女子无数。她们对待爱，总是用上十二分的心力，换来的却往往只有无边无际的荒芜。像朱淑真这样奇特的女子，她要的爱情必然也不能是平凡的。她是大家闺秀，却不像个大家闺秀，她反抗世俗礼教，她与命运抗争，她什么都敢做。可是，她身处的那个时代，容不得她对爱情那般执着，所

满院落花帘不卷
——从诗词中品读朱淑真的爱恨喜忧

以无论她如何追寻、如何抗争,结果都是难得如意。

世相让她饱尝了冷暖炎凉,让她体会到了人世的无情。可是她不服输,不依从,她认同自己的独特。在那时候的她看来,不论是梅花的清越、杨柳的清淡,还是桃花的艳丽、李花的妖娆,都不是她要的美,她要的是自己的独特风姿,是无二的明艳。哪怕没有人认同,她仍然要坚定地走自己的路,散发自己的香。

她的心是高洁的,但不是为曾经的那个庸俗粗鄙和她毫无共同语言的丈夫。如她这般敏感又才华横溢的女才子,岂是凡间俗物能相配的?她只想为心中的他绽放自己的美,此刻他虽然不在身边,但她心里想的全是与他生死与共。她也寂寞,她的寂寞尤其深刻,就像大海一般深不可测,可那又如何?只要心里有他,就已经足够。所以,她填出这阕《菩萨蛮·木樨》。

木樨是桂花的别名。传说桂花是月亮中的花,所以也称为月桂。朱淑真以月中桂花自比,反衬出了她清高孤傲的性格。她在词中说,虽然自己如今已经没有梅花和杨柳那样的新异标格和桃花李花那般青春美丽的容颜,但她有着让群芳气恼羡慕的清远花香。就凭这与众不同的一点,就可以让她独立于花丛之中傲视百花。有谁可以知晓,这月桂本来应该是天上月宫之中的种子,却意外飘落到了这尘世间的深岩洞中。尽管如此,她仍旧是月宫中的种子,注定与这个污浊的世间格格不入。不论月宫是多么高处不胜寒,她也甘愿追随,因为只有月宫中的花儿才能与她相提并论。

第十一章 一腔痴爱终怜惜：
满园春色，万紫千红

这词句中还有另外一层深意，那就是她誓愿从此以后，要如同月中的桂花树一般，为心爱的男子独守月宫，不为世间染污。

朱淑真确实有着足以让她傲视群芳的才华，但她心比天高，也因此命运多舛。笔者经常私心下想，如果她能随和一些，不是这么与世俗格格不入，对丈夫的要求不是那么高，而是像古礼对女性的要求一样，三从四德，夫唱妇随，那是不是她的婚姻生活就可以幸福一些，她的丈夫就会多疼爱怜惜她一些？不过这些都只是假设罢了，而实际上，朱淑真之所以是朱淑真，就是因为她如此独特，与世间女子不同。虽然她的婚姻十分不幸，所托非人，备受冷落，可是她的心依旧高洁，并没有因为曾经的这些经历，便觉得自己比一般的女子输了些什么。她认同自己，相信自己，她追求理想的爱情，也执着于爱情，纵使承受着生活带给她的雨雪风霜，这份心仍然始终不曾改变。即使心中的情郎远在天涯，自己又要背负着世俗礼教施加给自己的各种冷眼和冷言冷语，她依旧不放弃。她对爱情的执着令人心生怜悯，也心生感动。

女子贞节这个观念始于秦朝，但在宋代之前并不以此来禁锢妇女，虽提倡贞节，但并没有把贞节作为一种国家意识形态去强制推行，孀居的妇女即使再嫁，也不会被视为违逆礼教而严加指责或禁止。自宋代开始，古人对女子的贞洁开始十分看重，甚至可以说一个女子的全部价值就体现在她是不是足够节烈这一方面。虽然在那个年代，男子可以坐拥三妻四妾，但身为女子，就必须从一而终。宋朝的"二程一朱"，即程颐、程颢

满院落花帘不卷
——从诗词中品读朱淑真的爱恨喜忧

和朱熹,是提倡妇女贞洁最积极且影响最大的理学家。在"存天理,灭人欲"这种思想的禁锢下,他们极力提倡女子守节,孀妇不能再嫁,甚至节烈之女更应该以身殉夫,对男子也提出"若娶失节者以配身,是为失节"这样的要求。因此在那个朝代,人人不得不奉行"饿死事小,失节事大"这种违背人性的理则。所谓君为臣纲、父为子纲、夫为妻纲在民间广泛流传,甚至被统治者奉为治国之本。但极具讽刺意味的是,虽然朱夫子不遗余力地提倡和宣传"革尽人欲,复尽天理",竭力要求妇女守节,要求男子不能纳失节之妇,但他自己却阳奉阴违,言行不一。据传,他曾经逼诱两名出家修行的女尼给他做妾,甚至外放任职时还带着她们。而他的长媳在丈夫死后,不仅没有殉夫,反而怀了孕。诸如此类的特大丑闻传出之后,当时在位的宋宁宗龙颜大怒,降旨要摘朱夫子的乌纱帽,吓得朱熹赶忙上表认罪,表示要"深省昨非,细寻今是"。

可悲的是连朱夫子都承认了自己是阳奉阴违,可后世的诸多虚伪腐朽之士依然唯他马首是瞻。贞节观念在明清两代继续得到大力的推广和发扬,甚至很多大家名士都纷纷为之著书立说。比如吕坤的《闺范》、解缙的《烈女传》、徐皇后(明成祖仁孝文皇后徐氏)的《内训》等,都为贞节观念起到了推动作用,直接导致贞节的观念和标准在平民百姓中日益根深蒂固。明成祖朱元璋更是下圣旨旌表节妇,规定凡民间孀居之妇,对三十岁之前亡夫守志到五十岁都誓不改嫁的妇女,旌表门闾,并免除本家差役。这就相当于平民中的守节妇女可以通过守节来光耀门楣,获名获利。结果出现了一个让人啼笑皆非的现象,

第十一章 一腔痴爱终怜惜：
满园春色，万紫千红

就是本来这道命令颁布之前，谁家有孀居的女儿，家人都想让她早早再嫁出去以免除家族负担，而命令发布后，有女儿的家庭反而盼着女婿早死好让女儿成为寡妇了。

那个时代，谁家得到朝廷颁发的贞节牌坊，那真是无上的荣耀。那个时候提倡的妇女守节，不仅仅是孀妇不再嫁，如果曾和丈夫育有子女者，更要想办法把子女抚养成人。因为古代婚姻的最大意义就是延续香火，丈夫虽然死了，但夫家的香火不能断，因此孀妇既要守节又要"完孤"，能做到"立节完孤"的女子才是最受称颂的。这样的女子，如果日后孩子能出人头地为官入仕，他的母亲就会被朝廷嘉奖，奉之为"诰命夫人"。在安徽的歙县和休宁县，至今还有贞节牌坊群。据说，仅仅休宁一县就曾经出了2200多名"节妇"、"烈女"。如今再想起那段凄苦的岁月，有谁能听到那被贞节牌坊压制之下女子们的无助呜咽，又有谁能知道那下面埋葬了多少女子的大好韶华？

不得不说，这封建伦理的沉疴是女子的牢狱。

所以，那个时候，像朱淑真这样拥有剔透的心灵和冲天的才情的女子，反倒被认为是多余的。就像朱淑真曾经写过的二首《自责》诗中嘲讽的那样，"女子弄文诚可罪，那堪咏月更吟风。磨穿铁砚非吾事，绣折金针却有功"。所以，朱淑真留书与丈夫决裂之后，街头巷尾的指指点点与人言非议带给朱家的压力自不待言。因此可知朱淑真的父母并非铁石心肠、不体会女儿心中的苦，而是身处那样的年代，纵使他们想要心疼女儿都不能为之。因此她才会被父母无情地软禁在西楼，她的父亲

满院落花帘不卷
——从诗词中品读朱淑真的爱恨喜忧

才会狠心烧掉她和情郎的信笺。

但朱淑真最为可贵之处便是她敢于反抗。曾经她对封建的婚姻是抱有希望的,如果这希望成真了,也许她就不再奢求那些已经过去的事情了。可事实证明她的婚姻是失败的,她的服从是错误的。看透了这一点后,她决定找回原来的自己。往事虽然历历在心,但彼时她想把握住的却只是当下这一念,就是她对心中情郎的痴爱,对温暖爱情的追逐。哪怕要逆天而行,哪怕有一丝一缕的温暖能够把握,她也决不放弃。她宁愿辛苦地守护这样一份对爱情的执着,也不要行尸走肉一般地跟着无情无爱的丈夫过屈辱冷漠的生活。因为她原本就是孤傲的,如她在《菩萨蛮·木樨》中所言:不管月宫寒,将枝比并看。

所以,在那一次的欢聚过后,她心中的爱火重燃。那一次,她无酒自醉,回转身来,冰凉的指间抚上琴弦,流淌出来的,全是相思无尽。

所以,她把过去的日子尘封。穿过的嫁衣锁进厚重的箱子里。过去的已经过去了,如今,她只想一心一意跟着他,一颗心低低地俯下,一切都心甘情愿地交给他。

但是相思莫相负,牡丹亭上三生路。

第十一章 一腔痴爱终怜惜：满园春色，万紫千红

第二节 一梦缠绵，明月天心

满意好风生水面，趁人明月到天心。
此时情绪谁能会，独坐中庭夜已深。

——《夏夜乘凉》

身已至此，心犹未死。纵然想不到，也还是会梦到。一梦缠绵，刻骨相思。纵然要踏破这岁月山河，也要在这红尘间等你归来。

朱淑真日日安静地独自生活，幸亏她心中还住着一个他，不然这生活还真就成了一口枯井，了无生趣。

好在情郎不是个负心人，感念淑真多年来把这份昔日的情感饱满地收藏在心里，对她心生怜惜，生怕自己稍有不慎，伤害了她那柔弱素洁的真心。他寻找可能的机会去与她欢会，见不了面的时候，他便在月圆之夜，吹箫给她听，她则抚琴相和，静雅至极。

她心满意足了。坐在水阁边，感受着水面上吹来的习习凉风，看着天上的明月，听着如泣如诉的《长相思》，心里怀念着一个他，她就别无他求了。这就是女子的心思，月明时节，花

满院落花帘不卷
——从诗词中品读朱淑真的爱恨喜忧

草繁盛,燕子成双,多么简单,多么分明。四目相对之时那深深的凝望,几乎要让她沉醉,她只想紧紧握住那一时一刻。心里情思一旦种下,就注定要一步一节地生长,从此时光的快慢,都随着明月和流水,寻到了自己的归途。

朱淑真的人生就如同一场逆旅,走得越远,就越是艰辛。当她还是个无拘无束的少女的时候,她就想策马江湖追逐自己的方向,可后来因为命运和因果的安排,她被迫南辕北辙。但她依旧是她,她在繁华中独自落泪,在寂寞中独享清欢,她在尘世中试着去演绎一个自己并不喜欢的角色,涂脂抹粉,穿上嫁衣,扬起微笑,假装自己很快乐。但是最终她否认了,她重新回到自己的世界。在这个世界里,她唯一值得骄傲的,就是她的诗词,她将所有的悲欢情仇都珍藏在诗词中,字里行间的每一笔墨迹都浓郁饱满。对于这样的女子来说,岁月磨不去她的棱角,就像荷花一样,虽然扎根在淤泥之中,却努力生长,努力高洁。她不顾一切地去爱,有他的地方就是她的故乡。如今他们再度相遇,在她的心中,又是满园春色。前尘往事,已如同南柯一梦,空山落叶已过,万紫千红又盛开在身边。一年四季不过就是最简单的轮回而已,春有百花秋有月,夏有凉风冬有雪。生命的滋味可以甘甜,也可以苦涩,但取决于你如何去体会。

衔恨愿为天上月,年年犹得向郎圆。这句话用来形容淑真的感情是最合适不过的了。多少深情,多少痴心都深深藏在这一句话里。那东轩的男子,应当捧着这句话来缠绵度日,才可以回报淑真为他幽栖的一片真心。世间就是有这么不顾一切

第十一章 一腔痴爱终怜惜：满园春色，万紫千红

的爱，不是为了要谁去感动，也不是为了要谁去纪念，只是因为爱。

少女时代的这份情感，在朱淑真的心里留下了太深的印记。任凭岁月琐事和不相关的人铺天盖地地经过她的生活，也无法抹去这往昔留下的印记。而那些老去的故事，会一次又一次地重复上演。她选择做到不相忘，哪怕为他虚度光阴也不觉得遗憾，心中有这样一个人，陪着她看日升月落、花谢花开，连惆怅都是甜美的。

朱淑真和心中的他再续情缘后，她就像再度盛开的鲜花，伫立西窗下，凝脂肌肤，柔荑双手，剪水明眸，写下一首首赞美鲜花、内心芬芳的诗作。

庭外缃桃一萼红，多情特地振春风。
仙源已露真消息，迥作新花发旧丛。
——《小桃叶去偶生数花》

春日里，庭院中的百花争妍斗艳姹紫嫣红。她独自伫立在小窗之畔，出神地凝望着窗外，庭院中的桃树开满了花，那淡淡的娇红一片片，染成更美的春色。她安静地欣赏春日的美景，心中感谢春风能再度归来，再度给百花带来勃勃生机。这诗句当然还有一层更深的含义，这春风指代的当然就是她的情郎。短短十四个字把她心中的绵绵情意表达得淋漓尽致。这归来的生机，仿佛来自世外桃源，令她的内心欢喜愉悦，如同一枝在寒冬中萎谢过了的春花，又在春日的温暖中重新盛开。

满院落花帘不卷
——从诗词中品读朱淑真的爱恨喜忧

古来女子皆爱花,大抵因为女子本身就像花,生时绚烂,谢时凄美。近代学者况周颐在《蕙风词话》中评论说:"词有淡远取神,只描取景物,而神致自在言外,此为高手。"历代女才子中,李清照可算冠绝,朱淑真能与李清照并立于南宋词坛,自然手法也是极可称道的。

这女子心情愉悦的时候擅长写花,其《断肠集》中吟咏各种花儿风姿的诗作不在少数。除了上面那首借物抒情的桃花诗,她还偏爱荷花和寒梅,写它们的诗有数首之多。

《荷花》:"暑气炎炎正若焚,荷花于此见天真。香房馥郁随风拆,笑脸妖娆映水新。间叶浅深殷似点,满地繁媚丽于春。年年占得余芳在,几见当时步步人。"

《新荷》:"平波浮动洛妃钿,翠色娇圆小更鲜。荡漾湖光三十顷,未知叶底是谁莲。"

《青莲花》:"净土移根体性殊,笑他红白费工夫。幽姿羞损婵娟女,异色孤芳潋滟湖。顾影有情欺水荇,向人无语鄙风蒲。一枝摇动清香远,几许诗笺与画图。"

荷花的名字颇多,人所皆知的便是荷花和莲花,另外,它又被称作芙蓉、芙蕖、菡萏。

《芙蓉》:"满池红影蘸秋光,始觉芙容植在旁。赖有佳人频醉赏,和将红粉更施妆。"

《黄芙蓉》:"如何天赋与芬芳,徒作佳人淡伫妆。试倩东风一为主,轻黄应不让姚黄。"

朱淑真写荷花,大概就因爱它"出淤泥而不染,濯清涟而不妖"的高洁品性。而后来,这品性也确实影响了她的生活,

第十一章 一腔痴爱终怜惜：满园春色，万紫千红

最终还鼓励她挣脱了淤泥，傲然开花。当然，这是后话了。

她还写尽了群芳。淡雅杏花、清幽莳兰、娇媚芍药、艳丽海棠、花王牡丹、傲雪寒梅、清越长春、可怜樱桃、烂漫蔷薇，尽数盛开在她的笔端。

《杏花》："浅注胭脂剪绛绡，独将妖艳冠花曹。春心自得东君意，远胜玄都观里桃。"在她眼中，先开花后出枝叶的杏花，才是花中冠绝。

《乞兰》："幽芳别得化工栽，红紫纷纷莫与偕。珍重故人培养厚，真香独许寄庭阶。"兰花的悠远芬芳亦为她所称赞。

《芍药》："芬芳红紫间成丛，独占花王品第中。到底只留为谑赠，更劳国史刺民风。"娇艳美丽的芍药花，在她看来反而不是最美的，只不过是用来"谑赠"的礼品罢了。

《海棠》："胭脂为脸玉为肌，未赴春风二月期。曾比温泉妃子睡，不吟西蜀杜陵诗。桃羞艳冶愁回首，柳妒妖娆只皱眉。燕子欲归寒食近，黄昏庭院雨丝丝。"她赞海棠花美，将它比作出浴后疲倦入睡的杨贵妃。说海棠性高贵，不与桃花杨柳共争春意，独自开独自谢，有色无香，格调甚高，表明了她对海棠花的特殊感情。

写牡丹的诗题目甚长，题为《偶得牡丹数本，移植窗外，将有着花意因成二首》：

其一
王种元从上苑分，拥培围炉怕因循。
快晴快雨随人意，正为墙阴作好春。

满院落花帘不卷
——从诗词中品读朱淑真的爱恨喜忧

其二

香玉封春未啄花,露得烘晓见红霞。

自非水月观音样,不称维摩居士家。

牡丹自唐代以来便被奉为花王。周敦颐在《爱莲说》中曾经感叹:"自李唐后,世人甚爱牡丹。"而据朱淑真诗中之意,她的牡丹更是从帝王的上苑中分出来的优良花种,所以她小心栽培,丝毫不敢马虎懈怠。在她的细心栽培下,这几株帝王花日渐华美起来,给了她一个明媚的春天。但牡丹虽然高贵,也是人间的芬芳,到底不能如水月观音那般如意安详,也不如维摩居士那般超凡脱俗。由此可见,牡丹这么高贵的花,她多少也是属意的,但她心里更加希冀的是能拥有超凡脱俗的内心。

写梅花的,除却前文中赏析过的三阕梅花词外,尚有《梅花》二首:

其一

园林萧索未迎春,独尔花开处处新。

只有官娃无一事,每将施额斗妆匀。

其二

消得骚人几许时,疏离淡月著横枝。

破荒的皪香随马,春信先教驿使知。

朱淑真对梅花是有着特殊的喜爱的,这从她的数首咏梅诗

第十一章 一腔痴爱终怜惜：
满园春色，万紫千红

词中就可以知晓。对于梅花的不争春色、独傲霜雪的精神，她是极为赞叹和喜爱的。

《长春花》："一枝才谢一枝殷，自是春工不与闲。纵使牡丹称绝艳，到头荣瘁片时间。"她叹息说，时光无情，纵使是花王牡丹，从盛开到萎谢也不过是一瞬间的工夫，尚不如这一枝长春花，它虽然不及牡丹花娇艳喜人，但可以开过了复再开，这也算是它的出类拔萃之处了。可光阴无情，世事无常。说到底，不论花期长短，没有什么花真的可以常开不败，不论牡丹，抑或长春。无常面前，万物平等。

《恨春》："樱花初荐杏梅酸，槐嫩风高麦秀寒。惆怅东君太情薄，挽留时暂也应难。"樱花初长成的时候，杏子梅子还没有成熟，吃到嘴里还是酸涩的。槐树也才发嫩芽，万物都没有长成。但可惜的是樱花虽然早开，但也是早落。惆怅那司春之神薄情寡义，到了时节就要归去，一分一刻都挽留不得。

这应当是朱淑真婚后和夫君感情刚刚出现裂痕之时她的哀叹吧。万物皆有遗憾，也足以窥见她的多愁善感。

《蔷薇花》："飞葩散乱拥栏香，万朵千枝不计行。烂漫初开向清昼，会稽太守乍还乡。"笔者未曾见过蔷薇盛开的样子，但从朱淑真的描述中，大抵能够体会那万朵千枝先后盛放的妖娆和热闹。想来性喜浪漫的朱淑真，对此景致也是情有独钟的吧。

朱淑真这个女子，爱着许多花，更相信自己就是花中仙子的化身。她淡泊如杏花，孤傲如寒梅，高洁如芙蕖，清远如幽兰，烂漫如蔷薇，无香如海棠，可怜如樱桃，自重如牡丹。她

满院落花帘不卷
——从诗词中品读朱淑真的爱恨喜忧

真是一个绝无仅有的女子。她才情绝世，却一生中仅有数年快乐时光，此后便孤独终生。她不忘记旧爱，为心中情郎苦苦等待，却终究只能有短暂的欢会。她敢于反抗封建伦理，与无爱的夫君断绝恩义，却始终无法挣脱命运的牢笼。她一生孤独，无人相知，守护她的只有心里热切的爱情和不能长伴身侧的情郎。她遇到过温暖，但是那温暖太过短暂，转瞬即逝。

她如此热切地诗咏群芳，可知花本无情人自多情？如她的《菩萨蛮·咏梅》中写的，纵使她心中对花的怜念从未稍减，花却无法知道她心里的憔悴消损。等到满地落花帘不卷、断肠芳草远的时候，她还是只能夜半无眠，独自倚栏杆，看夜深花正寒。

但她的心思是那般细微敏感，对风月花草自然也多情，这是可以想象到的。

荼蘼花开，下一步就是百花萎谢。

可怜杨柳伤心树，可怜杏桃断肠花。

第三节　开到荼蘼，花事未了

纷纷桃李皆凡俗，四时之中惟有竹。
非惟苍悴列风轻，对之自觉清人肉。
羡君年少多才艺，笔墨潜偷造化力。

第十一章 一腔痴爱终怜惜：
满园春色，万紫千红

> 扫出一枝爱惠我，清阴翠色惊满幅。
> 嗟我得之喜何似，贪夫忽获珠盈斛。
> 朝夕捧玩不知疲，如在太白楼上宿。
> 遽令标轴挂壁间，劲节直日长目前。
> 不必溪边寻六逸，不必林间访七贤。
> 岂使阎本与王维，独擅古今称神师。
> 又有屏间名浪得，误墨成形何足奇。
> 未若一笔扫一枝，渭川移来人莫疑。
> 珍藏欲默默不得，命笺索笔成新诗。
> 诗穷纸满意不尽，馈笔无语愧才稀。
>
> ——《代谢人见惠墨竹》

开到荼蘼，就到了花事欲了的时候了。朱淑真的一腔痴爱，换来了情郎的怜惜，这一段时光，应当是三年东轩伴读之后，她的漫漫生涯中最为快乐的一段光阴了吧。

这段时间，她和他虽然不能身处一地时时相聚欢会，但他们的心是系缚在一处的。他们琴箫相唱和，诗文相往来。朱淑真清高孤傲，她的情郎亦是清高之人。虽不能为官入仕，也常常与文人雅士相交往来，以松竹梅为生活中的爱物，也极擅长书画，尤爱画竹。

在他们无法秘密相见的时候，这情郎也会偶尔题首诗画幅画儿托人递送，来博取红颜一笑。他痴爱画竹，一日性起，便画了一幅墨竹，辗转递到了高墙内的朱淑真手中。虽然朱家的父母对朱淑真看守得紧，但璧人有心，况且时间长了，绷得再

满院落花帘不卷
——从诗词中品读朱淑真的爱恨喜忧

紧的弦也难免会松下来。何况朱淑真的父母双亲到底还是心疼女儿的,只要不伤大雅,有些事情也就睁一只眼闭一只眼了。

朱淑真见了情郎的这幅墨竹,心下极为欢喜,于是即刻题了一首长诗与这画儿相配,就是这首《代谢人见惠墨竹》。

在这首长诗中,朱淑真对作画情郎的赞美,字句之间俯拾皆是,甚至让笔者怀疑,她是不是因为爱屋及乌,过于夸张地褒奖了这幅墨竹的绘画水平。

"羡君年少多才艺,笔墨潜偷造化力",一句就足以看出,画者本人才华横溢,他的技艺水平更是空前绝后,居然能画出如此令人惊艳的墨竹图。她神采飞扬地赞叹,说画者"扫出一枝爱惠我,清阴翠色惊满幅",说明他仅仅是随便地画出几枝赠予她。这随便的几笔就能落得满纸青翠,让人大为赞叹,那如果画者要十分认真地画上一幅,那该是如何惊天地泣鬼神啊?如果这情郎真有如此妙绝的才华,而当年科考却不能一举成名的话,只能说明那时候的朝廷真是无比腐朽。

"嗟我得之喜何似,贪夫忽获珠盈斛",这句表明朱淑真得到了情郎几经辗转送到自己手中的墨竹图时的心情,简直可以用欣喜若狂、喜不自胜这样的词汇来形容。在这里她用了个巧妙的比喻,说她得到这幅墨竹图时心中的惊喜,比之那些偶然之间,竟然获得一斛光彩绚烂的明珠的贪婪之士,有过之而无不及。可见她捧着情郎赠予的墨竹图,如获至宝,喜不自胜。而从"朝夕捧玩不知疲,如在太白楼上宿"则可以得知,自从得到那幅画儿之后,她爱不释手,不分昼夜地捧读赏玩,就像居住在诗仙李太白的太白楼上那样让她由衷地沉醉。

第十一章 一腔痴爱终怜惜：
满园春色，万紫千红

她曾经不分昼夜地分析研究过父亲买来赠送给她的《织锦回文璇玑图》。可出自东晋才女苏蕙之手的《璇玑图》是什么水准？那几乎是中华文学史上的绝唱，这画者的一幅墨竹图也能让她昼夜赏看，也许不是因为这竹子真画得冠绝古今，而更多的因素在于这竹子是出自自己的心爱之人吧。她如此爱这幅画儿，由此可以想见，她是如何痴爱画画儿的这个人啊。

"遽令标轴挂壁间，劲节直日长目前"，这句则是在说，她得到画儿之后，欢喜得忘乎所以，立刻请人去把这幅画精心地装裱起来，挂在自己的房间里。而她从此则日日待在房中，不知疲倦地欣赏那画儿中苍劲挺拔的竹子，乐此不疲。

下面两句"不必溪边寻六逸，不必林间访七贤。岂使阎本与王维，独擅古今称神师"则更是夸张，居然引经据典起来，几乎要把这画竹之人捧到天上去了。她说得到了这样的画作，就不用再去辛苦寻访什么竹林七贤和竹溪六逸了，就算是唐代著名的画师阎立本和极擅长画山水画的王摩诘居士再世，在画竹子的手法技巧上，也不见得能比得上这个作画之人，因为只有他画出来的竹子，才是前无古人后无来者的神来之笔。

写到这里，笔者只能认为，一定是朱淑真太过于思念情郎，因此睹物思人，觉得情郎画的墨竹天下第一。其实这也是正常的。在怀春女儿心目中，情人的草草几笔，都能值得她们终生珍藏。

"又有屏间名浪得，误墨成形何足奇"，朱淑真在这首诗里引用了诸多的典故，除了上面提到的竹林七贤、竹溪六逸等人之外，这里又出现了一则出于三国时期的"误墨成蝇"典故。

满院落花帘不卷
——从诗词中品读朱淑真的爱恨喜忧

《三国志》中曾有记载,说三国时吴国著名画家曹不兴擅长在屏风上作画,一日孙权召他去作画,他画屏风时,误落笔墨,便顺手绘之成蝇。孙权经过看到后,以为是苍蝇飞到了画上,便举手弹之。可以想见曹不兴绘画的手法技艺已达到了极为纯熟的程度。

这是历史上真实发生过的事情,但朱淑真却在诗句中讽刺曹不兴浪得虚名,认为就算他误墨成蝇也没什么稀奇的,可能还比不上自己情郎随手画的一枝竹子来得绝妙。"未若一笔扫一枝,渭川移来人莫疑",意思是说,曹不兴误墨成蝇算什么,这幅图里面的竹子,就算说它好似将渭川的千亩竹林全都移过来了都不为过。

而最末两句"珍藏欲默默不得,命笺索笔成新诗。诗穷纸满意不尽,馈笔无语愧才稀"则是她在谦虚地说,她本来只想把这幅墨竹图好好珍藏起来,可实在按捺不住心中的喜悦,就为它题了一首诗表达对画者的赞美之情。可惜自己才疏学浅,诗才也有限,所以虽然写了这么长的一首诗,却还是觉得意犹未尽,只能写到这里,哀叹自己才华实在是匮乏,无法为这么绝妙的好画配一首同样绝妙的好诗。真是极尽夸赞吹捧之能事。

从这首诗里可以想见,朱淑真对情郎的爱慕之意是何等深远绵长。如果天公作美,当年让他金榜题名,成就了他们这一对金童玉女,不知道朱淑真这一辈子会写出多少首溢美之词来赞叹这个人。如果真是这样,《断肠词》大概就要改名为《欢喜词》之类了吧。

开到荼蘼花事了,下一步是否就是相忘于江湖?无奈的是,

第十一章　一腔痴爱终怜惜：满园春色，万紫千红

人在世上，总有些不得不办的事情，费尽了心力，结果却是出人意料。可恨天地万物都无情，给了你欢聚，就必然要给你凋谢的离情。

从降生到人世，我们每个人都是一样，生老病死，聚合分离，一路赶着走。

最是人间留不住，朱颜辞镜花辞树。

第十二章
此恨不关风与月:孤高烈女,四时同色

秋风冷寒梧桐落,光阴无情,逝去芳华。可恨万物都无情,因为短暂的欢聚过后总要有凋谢和离散。需要爱情滋润的花,注定因爱而盛开,也为爱而萎谢。

第十二章　此恨不关风与月：
孤高烈女，四时同色

第一节　旧事惊心，相顾无言

火烛银花触目红，揭天鼓吹闹春风。
新欢入手愁忙里，旧事惊心忆梦中。
但愿暂成人缱绻，不妨常任月朦胧。
赏灯那得工夫醉，未必明年此会同。

——《元夜》

这是一首描述正月十五灯市赏灯的诗。朱淑真回到母家之后的两年，虽然一直跟情郎保持着联系，但是为了自身的声名和朱家的门风，他们还是很少有见面欢会的机会的。好在朱淑真是个懂得知足的人，于是日子也就这样一天又一天平静地过了下去。

时光荏苒，日月更替，又到了一年一度的元宵佳节，在这个触目所及皆是璀璨美景、火树银花的夜晚，她淡妆素颜，独自去灯市看花灯。

满院落花帘不卷
——从诗词中品读朱淑真的爱恨喜忧

唐代张鷟在《朝野佥载》卷三中记载:"睿宗先天二年正月十四、十五、十六夜,于京师安福门外作灯轮,高二十丈,被以锦绮,饰以金玉,燃五万盏灯,望之如花树。宫女千数,衣罗绮,曳锦绣,耀珠翠,施香粉。一花冠,一巾帔皆万钱;装束一妓女,皆至三百贯。妙简长安、万年县年少女妇千余人,衣服、花钗、媚子亦称是,于灯轮下踏歌三日夜,观乐之极,未始有之。"可见元宵节当夜,不论是未出阁的女儿,还是已为人妇的女子,都有逛灯市看花灯的习惯。

自从对婚姻爱情绝望之后,朱淑真甚少有这样的兴致和雅趣。但这一次,不知是巧合还是上天有意导引,朱淑真去了灯市,并且偶遇了她终日苦苦思念的情郎。

这一夜,无数的人都在灯市赏花灯,四处火树银花,璀璨夺目。在满月的光华之中,人们开心地欢度佳节。而朱淑真站在这热闹的光景之中浮想联翩,回忆起过去发生过和经历过的种种事情,恍如一梦般的触目惊心。月色如此朦胧美好,有情人难得相遇,只可恨一切良辰美景都不能永远保持下去。既然无法永恒,那就但愿能够把握当下这一刻,拥有这片刻缱绻缠绵的美好记忆,封存这一刹那的美好时光,让它在记忆中永远流传下去。只有在这难得的元夜赏灯的时候才会有这样短暂的相遇,而元夜和灯会虽然每一年都有,但明年的元夜还能不能有这样的相遇,就无法得知了。

这意境看起来真是美好。在这样火树银花的元宵佳节,喧哗热闹的灯会上,在茫茫人海中,一对有情人在灯市相遇。就在烟花在夜空中绽放的一刹那,朱淑真转过身去,竟然看到了

第十二章　此恨不关风与月：
　　　　　孤高烈女，四时同色

在背后犹疑地盯着她背影的情郎。那一夜相遇时，情郎依旧是一身白袍，依旧是腰间别着一把玉箫。两人隔着不过短短几米的距离，而彼此目光中却满是苍茫，倒像是隔着天涯海角在相望。

不晓得那时那刻，她和他隔着短短的距离痴痴对望，会是什么样的心情。笔者不禁想起了辛弃疾的那首著名的《青玉案·元夕》：

东风夜放花千树，更吹落、星如雨。宝马雕车香满路，凤箫声动，玉壶光转，一夜鱼龙舞。

蛾儿雪柳黄金缕，笑语盈盈暗香去。众里寻他千百度，蓦然回首，那人却在，灯火阑珊处。

这阕词写的也是元夜，也是有情人相遇。如此巧妙，让笔者怀疑辛弃疾是不是朱淑真留在后世的一个影子，或者一段记忆。或者是数十载后，两人心有灵犀，辛弃疾专门为了她而填的这阕词。

这真是一次神奇的相遇。除了上天成人之美外，想不出还有什么词句可以形容。没经历过相思的人总是不会懂得相思之苦是何等煎熬。入我相思门，知我相思苦。长相思兮长相忆，短相思兮无穷极。日复一日，望穿秋水。那是一种连身处地狱都不足以形容的深刻煎熬，一寸相思一寸灰啊，为了爱情，日日孤衾冷枕，独守空闺，真是让人感慨万分。早年她在《七夕》诗中就曾经诘问过："天孙正好贪欢笑，那得工夫赐巧丝。"七

满院落花帘不卷
——从诗词中品读朱淑真的爱恨喜忧

夕那一夜,织女还忙着自己和牛郎相会呢,哪有工夫给你们这些人间的痴心女子们赐什么巧丝?她或许并不相信这世上还有什么仙女为世间女子的姻缘挂心,若真有这样的神明,又如何能看着她这样日日被相思之苦煎熬,让她在相思中老去而袖手旁观呢?

而朱淑真写下的诗词之中,处处可见她的哀怨之情,牛郎织女还能每年相会一日,而她可能连这个频率都及不上,只能独自守着年年岁岁,看着日月晨昏交换更替。除了偶尔听听他的箫声,又多久才能换来一次近在眼前的相聚?她在这漫长无边的相思里,消损着自己原本美好的容颜,写下一首首让后人喟然感慨的断肠诗词。不知道等了多久,也不知道悄悄地在心里设想了多少次,更不知道尝过了多少离愁别恨,才终于有了这一天的惊喜。他愣愣地看着她日渐消瘦憔悴的面庞,如木头一般呆立在原地;而她看着他眉梢眼角的沧桑印记,心中的恨意早已被嚣张的爱淹没了。万事万物都静止下来,天地之间,唯有彼此。

朱淑真对待这份爱情的执着和守候真可称痴绝。而这痴绝,也许从一开始就注定了悲剧的结局。

良辰美景当前,才子佳人再度相遇,可流逝的时光终究回不去。时光暗换了流年,而她什么心思都没有,安静得如同一个物件,不敢有丝毫的杂念,好像一走神就会弄丢了他一样。不如就什么都不去想,只沐浴在这月华之中,把这一刻的时光凝结成琥珀,留给日后的浅吟低唱吧。

恨时光不能稍停,只有眼睁睁地看着它流逝,再流逝。最后

第十二章　此恨不关风与月：
孤高烈女，四时同色

只剩下词人的不安与惶恐，只剩下满心的凄凉，但又无可奈何。

冬日的夜，肃杀寒冷，一朵顽强的花抱着枝头迟迟不肯被吹落。无法掌控的爱情比那寒风更加残忍，寒风施加给人的只是肉体上的寒冷，只要有了光和温暖就能恢复。而绝望的爱情留给人们的，是锥心蚀骨的痛，是沁入骨髓的悲，是心底无尽的哀思，是和着血泪的孤寂。想她朱淑真本是个那么明艳美好的女子，容颜美好，才华与李清照比肩，却只在身后留下了数篇断肠诗词。这一切恐怕都是拜这"爱而不能得"的鬼祟命运所赐。她是需要爱情滋润的花，注定因爱而盛开，也为爱而萎谢。

看一眼旧时的月光，仿佛这时光就缓缓地倒退回去了。他在东轩读书，她穿着青衣为他研墨，她调一段深情，他奏一曲相思。而如今独立在这里，静默似冬天的寒梅，忘却一切风霜轮回，只记得，你是我可遇而不可求的知己，世上唯有你，才能听懂我心中发出的声音。

可恨万物都无情，因为短暂的欢聚，就总要有凋谢和离散。从盛大开放的那时候起，我们就一步步接近归期。岁月吹落片片梧桐叶，站在这肃杀的风雪中，眼前浮现的，都是昔日携手同游的记忆。

朱淑真的一生，都可以用一个"等待"来概括。

问世间情为何物，直教人生死相许。

满院落花帘不卷
——从诗词中品读朱淑真的爱恨喜忧

第二节 心如止水,熄灭尘缘

秋声乍起梧桐落,蛩吟唧唧添萧索。敧枕背灯眠,月和残梦圆。

起来钩翠箔,何处寒砧作。独倚小阑干,逼人风露寒。

——《菩萨蛮·秋》

这首词描写了秋日的夜晚,月明风清,孤苦无依的词人被不知哪里传来的捣衣声惊醒后无法再度入睡的心境。她的诗词又经过了一个跨度,重新回到了凄婉断肠的时候。可这是为什么呢?

原来,朱淑真和情郎在元宵之夜的灯会上悲喜交集地偶然相遇,并非是上天成人之美,而是为她的悲剧命运埋下了一个伏笔。

想当初,朱淑真和丈夫的婚姻名存实亡,因此她留下绝情书出走,这种举动在那个年代已经称得上惊世骇俗了。因为朱家对朱淑真看守得紧,不让她外出去抛头露面,加上日子长了,有些事情自然就淡去了,朱家恢复了平静的生活。而自从那一夜,她在元宵灯会上和情郎相遇之后,种种流言又重新纷至沓

第十二章　此恨不关风与月：
　　　　　　孤高烈女，四时同色

来，而且越传越玄。有的说朱淑真没有女子的柔和脾气，火大善妒，因为和丈夫感情不睦，所以她悍然休弃了丈夫自己回了娘家；还有的说朱淑真在嫁为人妇之后，还没有和自己婚前的恋人断了联系，一直在寻找机会和旧爱相会，后来被丈夫捉奸，所以被休。各种传言，越传越玄，再次在杭州城中成为街头巷尾人们茶余饭后的谈资。

所谓家丑不可外扬，朱家人静静地挨了两年，好不容易等流言都散得差不多了，想着终于又有安静的日子过了，谁想到，刚刚过完元宵佳节，就一波未平一波又起。而且这一次比上一次更甚，上一次人们无非就是传言说"朱家的女儿性格不柔和，恃才傲物，不尊重夫君"之类，而如今满城的人都在谈论这不守妇道公然和婚外情人约会的朱淑真。这次朱家是彻底颜面扫地，朱淑真的名节也被毁得一丝不剩。并且这件事情还传到了朱淑真的丈夫耳中。朱淑真和丈夫虽然多年分居两地形同陌路，但丈夫一日没有写休书到朱家，朱淑真就还得算他的夫人。所以朱淑真的夫家因为这满城风雨而恼怒不已，一封问责书寄到朱家，严厉责问朱淑真不守妇道的事，严厉谴责朱家教女无方，如今给他们家带来这么大的麻烦和羞辱。

可怜朱家一向遵循传统，家风严谨，却还是出了朱淑真这么一个不被当时社会所接纳的大胆才女。虽然朱淑真回家后，朱家一直对外宣称早已不认这个女儿，但如今事实当前，已经有人看见朱淑真在元宵灯会与男子私相授受，这是再怎么也洗不清的了。朱家父母都已经上了年纪，怎么受得了这样被人在背后戳脊梁骨？仅仅几天的时间，二老就双双病倒。

满院落花帘不卷
——从诗词中品读朱淑真的爱恨喜忧

朱淑真欲哭无泪。她不懂，为什么命运要如此捉弄她，给了她甜蜜爱情，却又不许这爱情结出姻缘正果，给了她再续旧缘的机会，却又在这机会背后埋了一颗地雷，炸得朱家家无宁日，全家人都抬不起头，无颜见人。此时的她，虽可以不管俗世中的闲言碎语，却无法不顾及这些事情带给她以及家人的刻骨寒冷。

这世上有一种花，叫作情花。传说这情花只生长在绝情谷中，这花的风姿举世无双，不论是牡丹芍药还是寒梅青莲都无法与之媲美。但同时它不是一朵清淡的花，它是带有剧毒的情花。就算你采撷情花时万分小心，也会被那花瓣花茎上密密麻麻无处不在的尖刺刺伤流血。而一旦被刺伤，情花的剧毒就会随着血脉攻入心肺，中毒之人一旦动了感情，就注定要陷入万劫不复的境地，永世不得超生。

可女子都愿意付出一切来采撷到自己生命中的这株情花，因为她们必须要吸收这情花的珍贵养分，才能散发光彩。她们在情花尚未长成的时候，就精心呵护，用眼泪和心血去滋养。等有一天它终于灿然盛开之时，她们却都被刺伤了手指。可是她们不后悔，宁愿一边笑着流泪，一边矢志不渝地守护它，与它一同萎谢。

朱淑真就是这样的女子，她就是为了采撷她生命中的这朵情花而来到这个尘世的。当年，在月上柳梢头的美好光景中，他们彼此留下了初相见的悸动回忆；在西子湖畔的亭子内，她娇痴地依偎在情郎的怀里。可这些都恍若一梦，那个人从此再不能相见了，与她纠缠的只有湿了春衫袖的泪水和无处可倾诉

第十二章 此恨不关风与月：
孤高烈女，四时同色

的哀怨。曾经是相依相偎、十指相扣的两人，如今却相思相望不能相亲，敢问今后，天为谁春？

关于朱淑真有婚外恋情这件事，极有可能是真实的。而我们如今无从得知那个藏身在《断肠词》中的吹箫少年到底姓甚名谁，只知道那个人是朱淑真用尽了心力去爱的人，她和他的爱情是她生命中唯一一次全身心投入地爱过的。她为这场真情付出了太大的代价，因为遇见了他，她成了一个真正为情而生也为情而死的女子。滚滚红尘，风月无边。因为怀念着他，她的一生都孤独寂寥，冷冷清清，只有把自己埋在回忆中才能获得一丝丝的温暖和慰藉。

朱淑真是个柔情而又烈性的女子，她的错，只是没有像古代被封建阴影笼罩的女性那样。她不愿无条件服从命运的安排，嫁鸡随鸡嫁狗随狗，甚至不敢发出一声抗争就认命了。反之，她不管那些，她敢于抗争，敢于追求真爱，既然薄情寡义的丈夫可以多年冷落她，那她为什么不能和丈夫断绝恩情，继续旧日没变的情缘？所以她确实是有婚外恋情的，而且这恋情一直持续了数年，直到过了那一个元夜，她和他被人看到，被卫道士攻击，才不得不戛然而止。

有谁晓得，在她那样一个如花女子的生命中，在那些漫长孤独的岁月里，那曾经拥有过的一点点快乐和深情，照亮了她的多少个黑夜？他的出现点亮了她的生命，他们在最深的红尘里相逢的每一刻都是永恒。那是她暗淡生命中的一抹绚烂光影，金风玉露一相逢，不等开口，已诉千言。

到如今，一切美好都已经被尘封，再也无法开启。欢爱已

满院落花帘不卷
——从诗词中品读朱淑真的爱恨喜忧

逝,伊人远行,那曾经刻骨铭心的爱,连静静地被封存都不可能。那些徒有两片唇的卫道士和闲散妇人,拿着她和他的这段过往,到处宣扬,添油加醋,煽风点火,传得一日比一日不堪。每个人都不过是这万丈红尘中的匆匆过客,做这些事情真的有用吗?他们是改变不了朱淑真的。朱淑真并不惧怕这些,她依旧是一个至情至性的女子,就算她明天就死去,也绝不肯忘了这个人和这段情的。如果她的生命中没有这一段蚀骨销魂的爱情,如果不曾有过哪些刻骨的相思和深深的情意,仅仅留存一具肉体在世上行走,又有何意义?

人生自是有情痴,此恨不关风与月。在这位女才子如花般的年华里,有过缠绵炽烈的爱情,后来天意弄人,让她嫁了无情无爱的夫君,从此鸥鹭鸳鸯作一池,因为"羽翼不相宜"而被葬送,还尽毁声名和家门。

这一次,朱淑真不得不死心了。此后,她心如止水,熄灭尘缘,归于空门。

短短墙围小小亭,半檐疏玉响泠泠。
尘飞不到人长静,一篆炉烟两卷经。

——《书王庵道姑壁》

朱淑真当然是贞烈的,只是她的贞烈,不是留给薄情负心的丈夫,而是留给真正给予了自己温暖爱情的人。她的一生之中,只经历过这两个男人,一个是初恋的情郎,一个便是后来嫁的夫君。事实证明,她的婚姻是所托非人,丈夫不能给予她

第十二章　此恨不关风与月：
　　　　　　　孤高烈女，四时同色

想要的爱情，只能给她带来困扰和苦难。所以她回头去寻找她的爱情了，却被虚伪的卫道士们批判得遍体鳞伤，从此不为世间所容。

　　笔者由此想到曾经读过的席慕蓉的一首美丽而又忧伤的散文诗，名为《苦果》，与诸君共飨：

在整整一生都无法捉摸的幸福里
是什么　在不断刺探
我那原来已成定局的命运
是什么　在不断呼唤
我那原来已经放弃了的追寻

是什么啊　透过那忽明忽暗的思绪
在日与夜的交界处埋伏　只等我失足
曾经珍惜护持的面具已碎裂成泥
一切都只因为　我依旧深爱着你

在整整一生都无法捉摸的幸福里
无论是怎样的诱饵　怎样的幻象
我都愿意相信　愿意
为你走向那满溢着泪水与忧伤的海洋

我的心在波涛之间游走
在等待与回顾之间游走

满院落花帘不卷
——从诗词中品读朱淑真的爱恨喜忧

在天堂与地狱之间
无论是怎样的诱饵　怎样的幻象
因你而生的苦果　我都要亲尝

就这样,朱淑真出家了,从此隔断俗世因缘,在又低又矮的围墙内,在没有人会关心注意的小庵中独自静修,一炉清香一卷经书,打发时光,聊度余生。

第三节　风波再起,苦情无限

土花能白又能红,晚节由能爱此工。
宁可抱香枝上老,不随黄叶舞秋风。

——《黄花》

朱淑真了断尘缘就此出家了。这是她的孤傲所致。她对人世间的一切都感到失望,她不想再听那些长舌妇们的闲言碎语了,她伤痕累累的心也无法再承受任何伤痛了。她想,出家久了,习惯了安静,一切就过去了,反正她对这个红尘也已经没有什么留恋。可是,树欲静而风不止,风波并没有平静下去,在这最后的节骨眼上,又狠狠捅了她一刀的,不是街头巷尾的

第十二章 此恨不关风与月：
孤高烈女，四时同色

长舌妇，也不是夸夸其谈的卫道士，而是她那已断绝恩义多年，对她从来都不闻不问的丈夫。

顺着落花流水看过去，娇艳的鲜花被骤雨疏风吹打成了残花败柳，她已经看穿了这悲惨的结局，在沉默中独自体味着心中的苦情无限。她是那样烈性的一个女子，宁愿被岁月掩埋，也不愿被淤泥污染，所以"宁可抱香枝上老，不随黄叶舞秋风"。

可是她想得太简单了，她以为她出了家，就能安静了断一切俗世中的缘分。可是她的夫家甚至追到了这小庙里来，咄咄逼人地责问她背叛的罪行。这些年，朱淑真已经经历过太多的伤痛，对很多事情已经渐渐看淡了。如今她已经能够将生命的本质和生活的真相攥在手中，这些仿若两道热烈的光芒，照破了她心中无边无际的苦。所以面对夫家人的逼问和苛责，朱淑真选择始终不发一言。从来没有人能理解她心中的苦，多说又有何益？

光阴太无情，总是转瞬即逝。她已经逝去了风华，她的生命历程中更多的是沧桑和波折。内心残损的她想借助佛法的光芒驱散内心的阴暗，求得一丝丝的宁静，可是就连这最后与世无争的愿望都破灭了。

丈夫传信到朱家，要求禁足这个失了妇道的女子。朱家自然不能反抗。于是朱淑真被迫脱下素衣，从庙庵里回到红尘，从此日日被软禁在朱家宅邸之内，不能踏出一步。她真令人心疼，活了半生只为了追求那一点点爱情的温暖，还要落得这样的地步。从没有人责问她的丈夫为何常年沉迷酒色、狎妓娶妾，

满院落花帘不卷
——从诗词中品读朱淑真的爱恨喜忧

而她却仅仅因为和情郎的一次约会而堕入这般万劫不复的境地。生命的真相,原来是这样残忍,想做一个好梦都是奢望。

被禁足在朱家的朱淑真,连哀怨和愤怒的情绪都生不起来了。除了对诗词的热爱,她已经麻木了。可以说,在她这苦难的生涯中,只有诗词是她唯一的知己,不论任何时候,都能让她平静下来。

坐在房中,她痴痴地看着墙壁上高悬着的那一幅墨竹,想着自己今天百般受辱,悲从心生,沉默地提笔写下了一首七绝《对竹一绝》。

百竿高节拂云齐,千亩谁人羡渭溪。
燕雀漫教来唧噪,虚心终待凤凰栖。

朱淑真是爱竹的。不论是竹的高华,还是竹的气节,都令她心生赞叹。它拒绝燕雀落在上面终日聒噪,每天努力生长,只为了等待凤凰路过,以之栖身。这不是一首单纯的咏物诗,朱淑真以竹自喻,这诗中蕴含着她的气节和情怀,来表达她内心的明亮和高洁。

竹象征着气节。朱淑真当然也算是个有气节的烈女,只不过,她与那个时代一般的女性不同,她的贞节不是留给学识粗鄙又薄情寡义的丈夫,事实已经让她认定了他根本不配做她的丈夫,更不堪她的托付。在她心里,只有少年给过她爱情的温暖,虽然短暂,但却永恒。所以,她的贞节始终是留给这个男子的,他才是她的良人。

第十二章　此恨不关风与月：
孤高烈女，四时同色

　　女子的贞节永远都是宝贵的，但是这宝贵要留给值得的人。唐代诗人孟郊曾经写过一篇《烈女操》，来褒扬贞烈的女子："贞妇贵殉夫，舍生亦如此。波澜誓不起，妾心古井水。"只是女子更愿意也更应该为爱的人守贞，而不是在封建伦理的压迫下屈从于那一纸婚书。为爱守贞的女子是高洁而美好的。

　　朱淑真就是这样的女子。她婚姻不幸，所托非人，真正适合她的人却又无法与她共结秦晋之好，所以她在对薄情的丈夫彻底死心后，不畏艰难，在封建伦理这堵高墙的夹缝里，至死不渝地叙着旧情。她的婚外恋情并不是因为耐不住寂寞或者放荡，而是因为她的心始终就是属于那吹箫少年的，她从来没有忘记过他，与他相比，连她后来的丈夫都是一个闯入者。朱淑真是追逐爱情的飞蛾，她为了追逐爱情，孤立地蹚过了万丈红尘，即使疲惫不堪一无所获，也依然要义无反顾，因为爱情就是她生命的意义。

　　在岁月的更替之中，老去的只是人的容颜，不变的是曾经美好如花的爱恋。那些浪漫的情怀和珍贵的瞬间，于她而言，才是最值得珍惜的，也是她生命的本质和意义所在。在她的大好年华中，有过炽热缠绵的情感，只可惜却因为后来那一场羽翼不相宜的婚姻而彻底被毁掉。常年身处孤独的她，对爱情的依恋之情越来越深，也愈发感受到生活的不如人意，因此内心也就愈发地痛苦绝望。

　　女子对待爱情，就像是扑火的飞蛾，明明知道继续向前可能会葬身火海万劫不复，但她们依旧不会退缩，只是为了那一点点可能会有的温暖。

满院落花帘不卷
——从诗词中品读朱淑真的爱恨喜忧

而朱淑真终究是柔弱的。她的生命之舟还没来得及出发,就被风雨逼迫得匆匆回航。也不怪她太柔弱,应该说现实的刀锋太尖利,她纵然有"效死君前"的决心和荡气回肠的气势,也抵不过命运笔下的一笔一画。有些事,明知道是必输的赌局,可还是要倾其所有地去下赌注。她这一生做得最出色的,就是一个笔底有乾坤的诗人。躲在自己的世界里,酝酿几首悠长的相思和愁怨,不是为了告诉世人她有多么深情,经历了多少的苦难,而是因为心中始终有难以言说的无奈。见花落泪,望月伤怀。这一切的心思和想法都只能付诸诗词之中,她和心里的他,甘愿就这样做一对同命鸟,甘苦与共,至死不渝。

因为朱淑真的婚外恋情,后来有许多所谓的封建正统文人纷纷批判她"不贞不孝"。比如后来张行中题朱淑真诗集的时候,就赋诗问:"女子风流义节亏,文章惊世又何如?"可笔者认为,朱淑真并没有把自己苦难的感情和命运归罪于自己的父母或者封建高墙下毫无希望的婚姻,而是知道有些命中注定的事情是无法逆转的。这个女子不平凡,如果她有一丝的不孝或不贞的心念,她可能早就会当真做出公然出走、和情郎私奔的事情,也像卓文君那样,体会一下当垆卖酒的滋味。但她到底还是不忍如此,所以,她终其一生,在父母亲伦和世俗礼教之间来往迂回,不够果决,导致两败俱伤,留下了无尽的遗憾与叹息。

爱情是人间最美的炼狱,并不是所有的两情相悦都会换来百年好合的幸福。在这世间,每个人走的每一步都离不开因果,所谓命里有时终须有,命里无时莫强求。一切经历都是生生世

第十二章　此恨不关风与月：
　　　　　　孤高烈女，四时同色

世的积累，该索取的索取，该归还的归还。但不是所有人在遇到苦难的时候都能做到云淡风轻，有些宿命注定沉重，并不是挥一挥手就可以两袖清风。如同一本书中的那段话：

如果，有醒不了的梦，我一定去做；
如果，有走不完的路，我一定去走；
如果，有变不了的爱，我一定去求。
如果，如果什么都没有，
那就让我回到宿命的泥土！

让懂的人懂，让不懂的人不懂；
让世界是世界，我甘心是我的茧。

其实女子在很多时候都比男人要更加坚强，就像朱淑真此时此刻的至死不悔和云淡风轻，让人禁不住地感动。爱到了极致，真的就是这种无牵无挂的状态，生与死都不过是一种形式、一个过程。无常是把锋利的刀子，疯狂地斩断一切，包括生命，但斩不断深重的恩情，诚如白素贞在水漫金山的时候那发自肺腑的呼喊："众生有情！情比天高！"

第十三章
问世间情为何物：心向日月，桃花遇劫

问世间情为何物，直教人生死相许。为了一场倾心的相知相遇，宁可舍弃一切，也要换得一树花开的美丽。

第十三章 问世间情为何物：心向日月，桃花遇劫

第一节 因情而生，因情而逝

劲直忠臣节，孤高列女心。
四时同一色，霜雪不能侵。

——《直竹》

情这个东西，对于女子来说真的是致命的，可才华卓绝的大才女往往都是痴情的。朱淑真不就是一个最好的例子吗？她经历了半生的不如意和沧桑，当年东轩读书三年的萧郎始终住在她的内心深处不曾离开，纵使当时的伦理教条严苛若此，她还是要奋力去追逐她想要的感情。笔者常常私下感叹，这到底是一份如何浓酽的情感啊，居然这样勾魂摄魄，让她念念不忘、至死不渝。对于朱淑真这般感性的女子，这样的爱情就如同一杯剧毒的佳酿，她明明知道这美酒有毒，也要奋不顾身地举杯畅饮，因为它的滋味是如此蚀骨销魂，任何人都无力拒绝，欲罢不能。

满院落花帘不卷
——从诗词中品读朱淑真的爱恨喜忧

她这一生都是为了爱,像极了《红楼梦》中的林妹妹,纵使心有七窍才华满腹,也还是走不出情天恨海。而她纵使曾经遁入空门,也还是无法清净六根,她所做的一切都是为了求得一份温暖的感情,却终究逃不出命中带来的桃花劫难。因情而生,也为情而死。

这个女子,孤傲,叛逆,她敢想敢做,但却始终不够果决。在自己的婚外恋情东窗事发之后,她彻底没有了退路,连出家都避不开红尘中的纷纷扰扰。过去虽然愁肠百结,但总还是有一丝希望,为了爱情撑持着生活;而如今,面对伦理的指责和夫家的逼迫,她一点希望都没有了。但此时此刻她仍然不后悔,虽然枉费了一腔情思,但毕竟,她也拥有过甜蜜的爱情,虽然短暂,但也心甘情愿。所以,她写下了这首《直竹》来抒发自己这份为了爱情忠贞不渝的信念。

除了这首诗,她尚写有一首《竹》抒发自己心中的志向和坚守:

一径浓阴影复墙,含烟敲雨暑天凉。
猗猗肯羡夭桃艳,凛凛终同劲柏刚。
风籁入时添细韵,月华临处送清光。
凌冬不改青坚节,冒雪何伤色转苍?

也许是因为情郎爱好画竹,所以朱淑真也是爱竹的。竹,昂首向上,气节高华,从古至今都是忠臣和烈女的象征。此时此刻朱淑真也以竹来自比。劲直忠臣和孤高烈女是她在婚外恋

第十三章 问世间情为何物：
心向日月，桃花遇劫

情被公布后，给自己的定位。她是一位烈女，只是她的心属于她追逐的爱情，而不是伦理和命运强安给她的错误婚姻。朱淑真写下这首诗的时候，她就已经做好了忠烈的打算。反正红尘已经残损若此，惨淡的结局已经逼到眼前了，以她的性格，是不会去做一些无谓的挽回和抗争的。因此她下定决心，要"四时同一色，霜雪不能侵"。

她喜爱竹的气节，也具备竹的气节。

朱淑真一生留下的诗词作品，是她生命最客观的写照，她有过那么多哀怨的诗句，也有过那么多对生活抱着希望的诗句，这足以说明她活得真实，不矫情。她的诗词都是有深意和情怀在里面的。怨妇也好，怀春也罢，都是她某一时刻的真实写照，她不会为了达到任何目的去委曲求全逢迎取巧，她的灵魂单纯而洁净，不论是喜悦还是悲哀，幸福还是不幸，她都把这些心思和情绪还原出来，没有一丝的做作和伪装。在她的婚外恋情曝光之后，她写下这几首赞叹竹子精神气节的诗句，表明自己心中的立场。她贞烈，但那是为了爱情，纵使要冒天下之大不韪，她仍然要那样做。

面对这样的局面，朱淑真的父母也无可奈何。本来那个时代倡导的是"女子无才便是德"，但朱家人个个都通晓翰墨，朱淑真自幼就深受影响，从小小年纪就显示出了卓绝的才华，因此朱家人让她学习诗书文艺。可是谁也没有想到，这个朱家一直视为掌上明珠的小女儿的性格竟是如此执拗倔强，已经许配了人家，却不能像平常女子一样，安于家室做一个贤妻良母，就因为无法放下那个曾经在朱家东轩读书的少年，导致最后落

满院落花帘不卷
——从诗词中品读朱淑真的爱恨喜忧

得如此境地。

但不论他人如何想,这个时候的朱淑真已然是万念俱灰。所谓情缘深重,她一生都无法逃离感情的泥淖,已经被有毒的情花刺破了手,却还是痴痴守护着不愿放弃。就这样,大约在宋孝宗淳熙七年,朱淑真带着她毕生所有的热情和勇气,带着对这个俗世的厌恶和无奈,选择了自裁。她举身赴清池,在清澈的湖水中,结束了自己充满苦难的一生。

朱淑真去世了,可那些凝结着她才华和思想的诗文还流传于世。那些文字昭告着她生前所忍受的苦难,公然违抗着当时社会奉为真理的伦常,在民间一石激起千层浪,日复一日地蔓延开来。朱淑真身故之后,影响居然可以如此强大,这让朱家有些恐慌。也许是朱淑真的父母怜悯女儿一生悲苦,想让她身后不至于再被千夫所指,也可能是因为朱家对朱淑真的所作所为无法接受,担心她会影响了朱家世代的良好门风,为了保全家门的名声,总之,在朱淑真身故后不久,朱家人便一把火烧掉了她毕生的诗词文赋,连带着她的情郎留给她的墨竹图和他们在东轩读书时的一切相关物件,也一并被付之一炬。至此,朱淑真这个才情卓绝的女子,终于消失在了时间的长河之中。一朵为爱情而盛开的花儿,终于含恨抱香,殒在了荒凉的花枝上。

朱淑真的一生短暂,但是她活得饱满而真实,她始终都清醒地知晓自己的心之所向。在她最后留下的两首咏竹诗当中,她留下了作为女子的全部坚定和热烈。在孤寂的夜里,带着那仅有的一丝暖走向了更遥远的永恒。月华如水,凄凄若寒。这

第十三章　问世间情为何物：
　　　　心向日月，桃花遇劫

就是她的终止之处了。万事万物都是这样，有来就有去，如此而已。

一切恩爱会，无常难得久。生世多畏惧，命危于晨露。

可不禁又让人想感叹一句，问世间情为何物，直教人生死相许？

也许这是个永远无解的问题。

第二节　香消玉殒，广结寒香

回旋秋色溥情露，凌厉西风紫嫩霜。
莫作东篱等闲看，上清曾结广寒香。

——《白菊》

就这样，朱淑真这位绝世的才女陨落了。在她自尽之后，大约是因为她出过家，她的父母按照佛教的礼仪把她火葬了，连同她一生的诗词文赋与书画全部付之一炬。一切都归于无，看似干净，却给她的后世知音留下了无尽的遗憾和感叹。

朱淑真一生最苦就苦在没有知音，心中万千话语无人可以诉说。可是她不知道，在她去世之后，这世上出现了许多她的知音之人，可是她却不能与之相交了。她短暂的一生，正如一

满院落花帘不卷
——从诗词中品读朱淑真的爱恨喜忧

株肃杀秋风中努力不肯凋落的白菊花，孤傲地盛开在枝头，宁可抱香而死，也绝不吹堕世俗的北风中。

朱淑真香消玉殒后，时任平江府通判的文人魏仲恭，经常听人们议论起一位苦命的女才子，也就是朱淑真。他偶然间得知了朱淑真凄凉的身世，偶然间看到了朱淑真写下的诗词，大为惊叹，也深深遗憾，对这位才华横溢的女子钦佩、倾慕不已。于是他便开始着力整理朱淑真尚遗留在世、被人们传念的诗词。虽然朱淑真的父母在女儿身故之后因为种种原因将女儿一生的作品尽数焚毁，但仍然有一部分被记载或传诵在街头巷尾。魏仲恭对朱淑真的遭遇甚为怜惜，于是与当时许多喜爱她诗词的文人士子们同心协力整理她的诗文。在他们的不懈努力下，那些零落在人们茶余饭后闲谈琐事中的朱淑真诗词，终于被整理成了十卷《断肠集》，自此流传到后世。魏仲恭真正是朱淑真的知音，若不是他的努力挽回和集结整理，恐怕我们今日也没有机会领略到这断肠才女朱淑真的倾世风采了。

世间的事情就是这么奇怪，很多才情卓绝的人在世的时候从来得不到认可，非要等他们去世之后，人们才能渐渐认识到他们的价值，然后再不惜一切代价去修复整理他们留存下来的东西，让他们的才华重见天日。这种事情古今中外都不鲜见，朱淑真正是这样一个例子。她在世的时候，孤苦无依，没有一个人可以理解她，而在她去世之后，她的知音纷纷出现于世，为她留下千古的感慨，令人喟然长叹。

清代文人陆次云曾在自己的笔记体野史小说《湖壖杂记》中记载了一个朱淑真身故之后的传说。顺治辛卯，有云间客扶

第十三章 问世间情为何物：心向日月，桃花遇劫

乩于片石居。一士以休咎问，乩书曰："非余所知。"士问仙来何处，书曰："儿家原住古钱塘，曾有诗篇号断肠。"士问仙为何氏，书曰："犹传小字在词场。"士不知《断肠集》谁氏作也，见曰"儿家"，意其女郎也，曰："仙得非苏小小乎？"书曰："漫把若兰方淑士。"曰："然则李易安乎？"书曰："须知清照易贞娘，朱颜说与任君详。"士方悟为朱淑真，故随问随答，即成浣溪沙一阕。随又拜祝，再求珠玉。乩又书曰："转眼已无桃李，又见荼蘼绽蕊。偶尔话三生，不觉日移阶晷。去矣去矣，叹惜春光似水。"乩遂不动。或疑客所为，知之者谓客只知扶乩，非知文者。

大意是这样的：在顺治辛卯年间，有一位云游四方的神异道人在"片石居"扶乩，所谓扶乩，就是一种占卜的方法，在扶乩中，需要有人扮演被神明附身的角色，这种人被称为鸾生或乩身。神明会附身在鸾生身上，写出一些字迹，以传达神明的想法。总之就是一种算命的手段。

有一天，一位读书人来请问道人自己的前程和吉凶，这位道人进行了一番测算观察后，有一位神灵指示说，这些事不是你应该知道的。于是读书人便请问是何许神灵，乩书回答说："我的故居在古钱塘，曾经有过诗集号为《断肠》。"读书人又问神灵尊姓大名？乩书显示说："犹传小字在词场。"可是这位读书人不知道《断肠集》是谁的作品，又听说故居在古钱塘，于是问："难道是钱塘苏小小吗？"乩书又回答说："漫把若兰方淑士。"于是读书人接着问："那是宋代大才女李易安吗？"乩书复回答说："须知清照易贞娘，朱颜说与任君详。"到这里读

满院落花帘不卷
——从诗词中品读朱淑真的爱恨喜忧

书人才知道,原来是与李易安并称为宋代词坛双璧的才女朱淑真。于是把乩书显示的这几句话连起来,发现刚好是一阕《浣溪沙》,不仅大为感叹朱淑真的才学。这读书人再次拜求乩上神灵珠玉般珍贵的诗词文章,乩书最后一次显示道:"转眼已无桃李,又见荼蘼绽蕊。偶尔话三生,不觉日移阶晷。去矣去矣,叹惜春光似水。"之后,乩就再也不动了。

这只是一个传说,真假姑且不论,但却足以说明朱淑真的断肠诗词在后世的影响,甚为深广。

魏仲恭不仅为朱淑真整理了十卷断肠诗集,还为这《断肠集》撰写了一篇情感厚重的序文。

这篇序通篇都流露出作者对朱淑真这位旷世才女的怜惜之情。魏仲恭是真正理解朱淑真的人,他不像那些所谓的封建正统文人、卫道士们那样,在朱淑真去世之后还要拿她的身世大做文章。在那些卫道士们看来,她的婚外恋情东窗事发之后,朱淑真的自尽行为,恰好表现了她的心虚,验证了她确实是不贞的,是为世人所不齿的。若非如此,一个清清白白的女子何必要非死不可?这些无事的闲人总是要打着伦理和道义的幌子,去对别人评头论足,用指摘和非议别人的这种下流手段,来彰显自己的高风亮节。其实在笔者看来,这种行为才更加令人不齿。也难怪魏仲恭在断肠集序里面感叹朱淑真:"自古佳人多命薄,岂非颜色如花命如叶耶!"悲凉惋惜之意充溢字里行间。

情是人间最美的炼狱。自古不论男人女人,因为情留下的的故事都数不胜数。于男人而言,叫作自古英雄难过美人关,

第十三章　问世间情为何物：
心向日月，桃花遇劫

于女子而言，大都是因为对爱情太过痴迷执着，而零落了自己的一生。置身事外之人总喜欢说一句"看破放下"，可是没有亲身体会过爱情带给人的痛苦与无奈，又凭什么空言看破放下？这世间的道理都是这样，说说容易，真要做起来却没有那么容易。越是多情的人，越难以解脱感情的桎梏。我们都是在这软红十丈中辗转的人，这红尘中的一个情字，哪里是能轻易看破，说放下就能放下的呢？

读朱淑真的《断肠词》，纵观这位断肠才女忧愁凄凉的一生，会发现，其实这女子一生中绝大多数的时间都耗费在了独守空房或苦苦思念的情愫上。因为没有人理解她，所以她不断地顾影自怜，也不断地等待，最后不断地失望。她活得很苦，但是她活得真实。她的内心原如同大海一般广袤无边，只是生活中的风霜太无情，一日一日地将她磨损。从无忧无虑"分付萧郎万首诗"的少女时代，到"娇痴不怕人猜，随群暂遣愁怀"的美好初恋，从"供厨不虑食无钱"的新婚初嫁，"幸有荼蘼与海棠"的短暂和谐生活，到"从宦东西不自由"的流离漂泊，"鸥鹭鸳鸯作一池"的彻底绝望，直至开始夫妻分居，她在命运的夹缝中延续上一直未曾忘怀的珍贵爱情，最后还落得悲惨的结局。她用她的诗文，将生活中的酸甜苦辣统统倾诉出来，深刻又厚重。

朱淑真是一个决绝的女子，她认定了的事情，不论是世俗伦理还是人言议论，都无法左右她。她性情坚定，自己所决定的事情是没有可能被更改的。她并非不孝之人，否则她完全可以忤逆父母的意思当初就拒绝那门婚事；也并非不贞之人，她

满院落花帘不卷
——从诗词中品读朱淑真的爱恨喜忧

发生婚外恋情并非因为生性风流或耐不住寂寞,而是在百转千回且对丈夫彻底死了心之后才发生的。古代的伦理太没有道理,明明不能给人以幸福,却还要用贞节观念束缚一个女子到死,这不仅是无情,简直就是无耻。

清代大词人纳兰容若曾经写过一首流传千古的《木兰花令》,其中的"人生若只如初见,何事西风悲画扇"一句被千古传唱,这句词用来形容朱淑真是再合适不过了。经历过苍茫的人生之后才明白,最美的时光其实是那最初的相见。朱淑真的初见,应该就是那次西子湖畔雅集会上第一眼看到那个俊逸似仙的吹箫少年吧,那个时候她还是活泼少女,做着"分付萧郎万首诗"的清梦,却不知早已被安排好了凄凉的命运。她对这个人这段情的痴迷,只有那一瞬间是美的,如同夜空中的烟花,一刹那的绚丽绽放之后,便只能化作一地的苍凉。因为人间事太无常,即便是唐明皇和杨贵妃那样的爱情,也要悲情地陨落,何况朱淑真既非帝王,也非权贵,不过是一介弱女子,连自己的人生都不能自己做主而必须依附于男人,她又能有多大的能力呢?百转千回,到头来也只是认命而已。与这苍茫的宇宙和漫漫历史长河相比,我们都太过渺小了,根本无力与命运下赌注。

这缘分在初见的时候,真是美得惊人,但最终却被无常化为一把尖利的刀,将沉迷其中的人刺得遍体鳞伤,最终导致朱淑真选择了投湖自尽。彼时彼刻,世间的一切,已经让她不再有一丝的留恋。这难道还不是颜色如花而命如叶吗?

爱情就是这样难以解释又无法抗拒的东西。它是一场邂逅,

第十三章 问世间情为何物：心向日月，桃花遇劫

你根本来不及准备，就像出门突然遇到了一道闪电一样，就这样被击成了一堆灰烬。但在那样的封建时代里，这样悲惨的事情俯拾皆是。朱淑真的事迹之所以能流传至今，是因为她卓绝的才情和身后如魏仲恭这样的知音之人。而这苍茫的历史长河中，还有多少这样的女子，永远被默默无闻地埋葬在时间的洪流之中，又有谁能知晓？

世间所有的相遇都是久别重逢，没有什么缘分是无根而生的。这是生命的一种逼迫。所以，朱淑真这一生所经历的，都是某种因果。漫漫半生的起伏与幻灭，都被她写在了一首首诗词之中。文字作为历史的载体，古往今来，见证了太多的悲欢离合。朱淑真的诗句中究竟隐藏了怎样的心事和秘密，说到底也只有朱淑真一人知晓，后人即使再如何努力发掘与还原，都已经不是当初的样子了。我们能看到的，只是朱淑真那个为爱坠落的灵魂和冰清玉洁的人格。她是那么执着，坚守着自己心中认定的准则，直到零落成泥碾作尘，也不肯改变，用生命成就了这些故事和情怀。

朱淑真只活了短短的四十年，却留下了一个漫长的故事，和等身的作品。岁月风烟飘过了千年，她的故事还被人们痴痴地讲述着。虽然断肠诗词的格调是如此凄清，却仍然有许多人愿意把她放在心中怀念。万千的人，无尽的风景，然而能让她铭记终生的，只有那么一段少年时的情事，留在身后的，也只有那么一本《断肠诗集》。也许她的人生能窥探到的意义，不过如此而已。

对于朱淑真的父母在朱淑真身故后将女儿的作品全部付之

满院落花帘不卷
——从诗词中品读朱淑真的爱恨喜忧

一炬这件事,魏仲恭后来在《断肠诗集序》中评论说:"其死也,不能葬骨于地下,如青冢之可吊,并其诗为父母一火焚之,今所传者,百不一存,是重不幸也。呜呼,冤哉!"

真是遗憾啊,后人已经无法知道朱淑真一生中到底写了多少诗词,能找到的尽数收入了《断肠词》,可仍然是"百不一存"。而更大的不幸其实是人们对她的非议,就如同她那首《生查子·元夕》所引起的争论一样。后世的"正统文人"们竭力想办法证明那首词并非朱淑真所作,而是出自后来的大文学家欧阳修之手。这些卫道士根本没有心思了解朱淑真到底是怎样的一个女子,太多的人只是以伦理为借口,想知道她到底如何不贞,如何背叛了丈夫,想知道这风流才女生命中的故事,并不是关心她究竟为什么在短短半生中一直愁肠百转,最后还不得善终。所以无我确实是一剂好药,置身事外,就不会画地为牢。才女已故,还有多少人能真正懂她,真正为她叹息?

朱淑真是一代女才子,对于她的价值,自然应该以诗作文学的成就来评论。为何却把她的情感私事搬上台面来,以此定论她的价值?即便如此,为什么男性在情感上经历丰富,就是风流多情,而女儿家若不把自己钉死在一个男人身上,就是失德?朱淑真又性情率真,不屑于跟风做作,她的诗词作品大胆奔放,除了那首著名的《生查子·元夕》,其他的诸如《清平乐·夏日游湖》中的"娇痴不怕人猜,随群暂遣愁怀"和《元夕三首》中的"但愿暂成人缱绻,不妨常任月朦胧"这样的描述,都为后世的"正统文人"和封建卫道士们留下了口实。

在明人田汝成的《西湖游览志馀》卷十六《香奁艳语》中,

第十三章　问世间情为何物：
心向日月，桃花遇劫

有一首张行中题朱淑真诗集的诗，在前文曾提到过两句，其全诗是这样的：

女子风流节义亏，文章惊世亦何如！
苹蘩时序宁无预，诗酒情怀却有余。
愁对莺花春苑寂，苦吟风月夜窗虚。
丈夫莫羡多才思，宋女不闻曾读书。

由此可见，在当时的社会状态下，朱淑真作为女子，她的价值仍然是体现在"节义"这一点上，而她的惊世才情反而是没有人去留意珍惜的。在男权当道的宋代，女词人的成就，完全不与她们的文学成就呈正比，决定她们价值的更大因素在于她们是否把贞节视为生命并信守奉行，这一点真是让人深觉可悲。而朱淑真率性的风格，早已触及了卫道士们的底线，在他们眼里，朱淑真根本不是个好女人，自然也就没有任何价值可言，只能用作反面教材。明人林俊曾写过一首《题朱淑真像》来评价朱淑真：

花蕊开残小院秋，鉴湖春色水东流。
垂杨送尽莺莺老，不得同依燕子楼。

这首诗不像张行中之类卫道士们的言辞那样激烈，但也是暗含着嘲讽之意。诗的末两句引用了关盼盼的典故，指责朱淑真身为妇人却没有妇德，不为夫君守贞。可是关盼盼与武宁

满院落花帘不卷
——从诗词中品读朱淑真的爱恨喜忧

军节度使张愔是两情相悦的,所以张愔死后,关盼盼自然愿意为他守节,而朱淑真跟那位合法的夫君根本没有感情,何况她的夫君多年都在外面寻花问柳狎妓娶妾,朱淑真何必为他守节？她心里始终爱着那吹箫少年,她为他坚守,甚至可以连死都不怕。所以贞节一事,应该都是因爱而存在,如果没有爱,却还要用这种伦理大防禁锢女子的终身,难道不是天下至为残忍之事吗？所以朱淑真的价值在当时那个社会,是没有人认可的,文人们为她的诗词撰写评论和序文,大多数也不过都是极尽讽刺挖苦之能事。

这样偏颇的评价不仅令朱淑真和她的知音之人心寒,更让我们后世之人愤慨不已。但可欣慰的是,历史还是很公平的,不会埋没一位真正有真才实学的人,也不会拘泥于男女,也不是几个偏颇男性的评价就能定论她们的真实价值。朱淑真这个孤独一生的才女,终于也在碌碌时光中脱颖而出。

而笔者认为,历代文人对朱淑真的评价中,当数香港当代学者黄嫣梨女士在《朱淑真研究》中的这一段评述最为中肯:"除婚姻外,就是妇女的礼教问题。学者有据淑真作品,尤其是《生查子·元夕》一词,以为淑真不贞,有人则以此词非淑真所作以为贞节的辩护。其实贞与不贞,只是卫道者的看法,个中情节,非一般人所能了解。研究的人,不应先有一个贞与不贞的成见,言为心声,我们应从她本人第一手资料的作品找出证据,撇开学究的模式,从多方面去提出疑问,再从不同角度去寻求答案,回到女儿家的心态上。"

确实如此,朱淑真作为一个真性情的女子,她的诗词或忧

第十三章 问世间情为何物：
心向日月，桃花遇劫

伤或清婉，或活泼或率真，处处都展示出女子内心的情态，并不是为了逢迎男性去写的。想来如果朱淑真知道自己身故之后诸多封建文人们对她的这般评价，也还是会坚定地做她自己吧。

她的这份真性情，是与她冲天的才情一样可贵的。

满院落花帘不卷
—— 从诗词中品读朱淑真的爱恨喜忧

尾　声

断肠集，断肠泪

　　写朱淑真，真的是颇令人伤感的一件事。她原本是那样美好的一株花儿，却无人怜惜，在生不逢时的命运中备受摧残，最后，不仅得不到善终，就连诗词都不能完整地存留在世间，真是说不尽的遗憾。

　　笔者最初知晓朱淑真这个人，还是少年时读书的时候，偶然间读到她的《减字木兰花》和《生查子·元夕》，惊叹其词文句格调之美，堪称无与伦比。可遗憾的是她身后虽然能保存下来十卷《断肠集》，但比之于她一生的作品数量，还是太少了，导致我们今天已没有办法更加深刻地去了解这位与李清照并称的宋代词坛名姝的更多故事。但这也许是另一种好事，世间的很多事情，若真能全知，却反而失了那种朦胧与神秘。

　　朱淑真曾经是一个欢快活泼的女子，但她命有大劫，又过

尾　声

于坚执，导致最终被生生摧毁。经历过半生的岁月，她终于可以明白生命的真相是何等残忍，也终于懂得了什么叫作人生如梦的虚幻。

她不是一个乖巧的女子，她有她的独特个性并张扬着这种个性，她为了自己的心之所向，敢于忤逆伦常大防，敢于去做别人做不到的事情。她不为有名无实的婚姻坚守，但她为心中的爱情坚守，可惜没有人可以给她哪怕一丝一毫的理解，世人无情地用流言蜚语的利箭射向她，伤得她千疮百孔，终于支撑不住生活的信念而选择了自裁。她身故之后，家人又为了保全家门的名声，不得不无奈地将她一生的作品和一切痕迹都付之一炬，把她曾经存在于这世上的最后一点痕迹，也清理得几乎一丝不剩。

但一切都发生之后，她真正地安静了，万事万物都已经不需要她再去关心了，人生就是人生，没有如果，她的人生是她自愿走出的轨迹，她为之欢喜。幸运的是，历史终究是公允的，并没有彻底湮灭一代才女曾经的痕迹，这世上到底还是出现了她的知音，在她的身后帮助她把那一曲断肠千古流传。

朱淑真活得真实，她从不去掩饰。她知道总有一些事情是生来便注定了的，与其苦苦挣扎，不如安然地面对。而这种安然的心态，并不是与生俱来的，而是不知经历了多少次撕心裂肺之后，才能淬炼出来的一颗平常心。她如是，世间的你我亦如是，这道理千年不变。

女子在世，本身就是一场修行。从生到死，从古至今，繁华昌盛，清冷寂寥，不论世事如何变迁，人都不过是一具皮囊

满院落花帘不卷
——从诗词中品读朱淑真的爱恨喜忧

而已。唯有保持内心的觉醒,顺应造化的规律,才能有心下清明的一天。而万种理由,都比不过自己的一颗真心。

下视红尘意眇然,翠阑十二出云颠。
纵眸愈觉心宽大,碧落无垠绕地圆。

——《月台》

红尘苍茫,人事变迁,爱恨一念间。
如是。